幽閉令嬢の気ままな異世界生活
～転生ライフを楽しんでいるので、
邪魔しに来ないでくれませんか、元婚約者様？～

狭山ひびき

目次

CHARACTERS
ジラルド
オリーヴェ公爵令息。
国王の甥であり
アドリアーナの幼馴染。
アドリアーナ
ブランカ公爵令嬢。
自分が乙女ゲームの悪役令嬢
だと気付き…!

幽閉令嬢の気ままな異世界生活

～転生ライフを楽しんでいるので、邪魔しに来ないでくれませんか、元婚約者様？～

クレーリア

ミラネージ男爵令嬢。
アドリアーナに虐められている
と噂を流していて…。

ヴァルフレード

カルローニ国の王太子。
アドリアーナと婚約破棄し、
クレーリアを選ぶが…。

ルキーノ

コンソーラ町を治める代官。
彼が着任してから税金が
上がったようで…！

ダニロ＆エンマ

コンソーラ町で暮らす兄妹。
食料を探していたら
アドリアーナに遭遇し…。

Yuhei reijou no kimama na isekai seikatsu

プロローグ

「君の罪は取り消す。だから戻ってきてくれ。カルローニ国には……いや、私には、君の支えが必要なんだ」

アドリアーナ・ブランカは、突然やって来た元婚約者ヴァルフレードのあまりの厚顔無恥さに開いた口が塞がらない思いだった。

つい一か月前の学園の卒業式のプロム。

貴族の子女や教師たちが大勢いる中で、アドリアーナに向かって婚約破棄を突きつけ、ありもしない罪でこの地に幽閉したヴァルフレードの、あまりに身勝手な言い分に怒りを通り越してあきれ返る。

カルローニ国の王太子であるヴァルフレードは、あろうことか男爵令嬢クレーリア・ミラネージにうつつを抜かし、彼女を虐げていると噂《うわさ》のアドリアーナを公然の場で断罪したのである。

その上、アドリアーナを生涯幽閉すると国王の裁可もなく勝手に決定しておいて、何を言い出すのだろうか、と。

ヴァルフレードのせいで、アドリアーナは、王家が管理している直轄地のひとつ、東の国境近くにあるこの地の離宮へ移ることになったというのに。

(クレーリアを支えるために側妃になれですって？　馬鹿にするのも大概になさいよね)

彼の言い分を要約すると、クレーリアがあまりに無知すぎて、国王夫妻や忠臣から彼女を王太子妃にする許可が下りないらしい。

それはそうだ。

もともと国王夫妻も大臣たちも、アドリアーナが王太子妃——ゆくゆくは王妃となってヴァルフレードを支える未来を見据えて動いていた。今更妃教育も終わっていない、それどころか取り掛かってすらいない相手に代わりましたなどと言われて、はいそうですかと受け入れられるはずがないのである。

ましてや、アドリアーナはブランカ公爵令嬢だ。

アドリアーナとヴァルフレードの婚約は、国内の力関係を考えて、ふたりが十歳の時に調えられたものだった。

アドリアーナとの婚約が白紙になったため、ヴァルフレードは国内でも有数の資産家であり、絶大な権力を持つブランカ公爵家の後ろ盾が得られない。

男爵家の、それも落ちぶれかけているような貧乏貴族であるミラネージ男爵家に、ブランカ公爵家のかわりが務まるとは誰も思わないし、むしろ余計な血筋を王家に取り込もうとしているヴァルフレードの愚かさに頭を抱えることだろう。

（そこで殿下は、わたしを再び表舞台に引っ張り出そうと思ったわけね）

側妃で、というのはクレーリアの立場を考えてに違いない。

落ちぶれた男爵家の令嬢が側妃になったところで誰も見向きはしないが、王太子妃や王妃であれば無視できないからだ。

クレーリアが冷遇されないように地盤を確保しつつ、クレーリアが行えない王太子妃や王妃の仕事はアドリアーナにさせようという魂胆らしい。

（やっとゲームのエンディングが終わって静かに暮らせると思ったのに、いい加減にしてほしいわ）

アドリアーナはこっそりとため息をついた。

言ったところで誰も信じないだろうが、アドリアーナには前世の記憶がある。

ここことは別の世界で生きた記憶で、その記憶をもとに判断した結果、生まれ変わったこの世界は前世でプレイしていた俗に「乙女ゲーム」と言われる世界であると判明した。

ゲームの世界で悪役令嬢のポジションにいたアドリアーナは、何とかして悪役令嬢として断罪される結末を避けようともがいたがどうしようもなく、こうして断罪されて幽閉されたというわけだ。

最初は絶望しそうになったが、よく考えてみると、幽閉先は王家の離宮で、使用人たちもいて、自由に出歩けないことを除けばなかなか優雅な生活が送れる。

これは息子が暴走した結果巻き込まれてしまったアドリアーナに対して、国王陛下がせめて不自由しないようにといろいろ配慮してくれた結果だった。

ヴァルフレードがアドリアーナの幽閉を公の場で宣言してしまったので、今更なかったことにはできない。

さすがにそれをすると王家の威信に関わるからだ。

だから国王夫妻は可能な限りアドリアーナの生活水準の確保に努めてくれたのである。

表立ってはできないがブランカ公爵家にも内々にかなりの慰謝料が払われたと聞く。

アドリアーナの父はとても優しいが、政治的なことが関わると貴族らしく辛辣《しんらつ》で容赦がない面があるので、おそらく搾り取れるだけ搾り取ったはずだ。

多少の不自由はあれど、胃がキリキリするような学園生活からも解放され、好きでもなかったヴァルフレードとの結婚からも解放されて、公爵家も潤って万々歳だと、アドリアーナは前向きに考えることにした。

その矢先に、ヴァルフレードが意味不明なことを言い出したのだから、もういい加減放っておいてくれないかしらと嘆きたいところである。

「殿下、お手紙のお返事でお断りしたはずですが？」

実はヴァルフレードが直接やってくる前、彼から『罪をなくしてやるから王都に戻ってこい』とずいぶん上から目線の手紙が届いていたのだ。

腹が立ったので『お断りします』と一言だけしたためた手紙を送り返してやったのだが、どうやらその一言では納得できなかったらしい。

「クレーリアでは外交も内政も社交も難しいんだ。アドリアーナの力が必要だ」

つまり全部ではないか！

それに、だ。

アドリアーナは何もしていないのに、彼女にいじめられたと幼稚で意味不明な発言をしてヴァルフレードに泣きついたクレーリアを、どうしてアドリアーナが助けてやらなければならないのだろう。

ましてやあっちが正妃でこちらが側妃となれば、どんな理不尽な要求をされるかわかったものではない。

ちょっと考えただけでもストレスで禿《は》げそうな環境だとわかるのに、そんな提案をアドリアーナが受け入れると、本気で思っているのだろうか。

「君の気持もわかるつもりだ。私も、君には可能な限り配慮すると誓う」

(可能な限り、ね)

それはまったく当てにならない配慮であるし、ヴァルフレードにアドリアーナの気持ちがわかるとはこれっぽっちも思わなかった。

「繰り返すようですが、お断りします」

すると、ヴァルフレードがムッとしたように眉を寄せた。

「君は公爵令嬢だろう？　少しは国のことを考えたらどうなんだ？」

（その言葉、そっくりそのままお返しするわよ！）

クレーリアが役に立たないからアドリアーナを頼って来たくせにどの口が言うのだろうか。アドリアーナを捨ててクレーリアを選んだヴァルフレードのどこが「国のこと」を考えていると？　公爵令嬢以上に国のことを考えなければならない王太子が目も当てられないような馬鹿なことをしでかしておいて、偉そうなことを言わないでほしい。

自分が選んだのだから、クレーリアを机に縛りつけて徹底的に鍛え上げるくらいしたらどうなのだろうか。

ムカムカしてきたアドリアーナは、すっかり冷めてしまった紅茶に口をつけた。

そして、にっこりと、妃教育で身につけた社交的で完璧な笑みを浮かべる。

「国のことを考えてわたくしと婚約破棄をすると、あの時殿下はおっしゃったではありませんか。わたくしと婚約破棄することが国のためになるんでしょうから、わたくしが再び表舞台に戻るのはおかしいでしょう？」

一か月前に自分で言ったことも忘れたのかバーカ、という嫌みを込めて言ってやると、ヴァルフレードがばつの悪い顔になる。

「……状況が変わったのだ」

「状況が変わったとしても、わたくしは国のためにならないと一度はおっしゃったのですから、ご自分の発言には責任を持っていただきたいですわ。王太子ですもの、当然でしょう？」

国のトップが、ころころと意見を変えていたら臣下が戸惑う。

未来で国王になろうというヴァルフレードが、自分の発言に責任を持てなくてどうするというのだ。

（だから陛下も、愚かしいとわかっていながら殿下の発言を撤回できなかったのに、本当にわかっているのかしら？）

簡単に撤回できる発言なら、アドリアーナがここに送られる前に国王がヴァルフレードの発言をもみ消していた。

それができないからブランカ公爵家を繋《つな》ぎとめるため奔走して、非公式ではあるがわざわざ頭まで下げに来てくれたのである。

両親にそこまで迷惑をかけたくせに、それがわかっていないヴァルフレードは愚かすぎる。

アドリアーナはぐるりとサロンを見渡した。

離宮に連れてきたブランカ公爵家の使用人たちが、その視線を受けて一斉に動き出す。

ひとりはヴァルフレードが脱いだ秋物のコートを持ってきて、もうひとりがサロンの入り口を大きく開けた。

「ミラネージ男爵令嬢を補佐する方が必要だと言うのなら他を当たってくださいませ。わたくしはもう、殿下も、ミラネージ男爵令嬢の顔も見たくありません」

もう帰れ、と大きく開かれた扉を振り返る。

しかし、わかりやすく退場を示してあげたのに、ヴァルフレードは立ち上がるそぶりを見せなかった。

「他がいないからアドリアーナに頼んでいるのだ」

「そうでしょうね。妃教育を終えているのはわたくしだけですもの。……でしたら、アロルド殿下の婚約者様が妃教育を終えるのをお待ちになったらいかが？」

アロルドは今年十三歳になるヴァルフレードの弟だ。

言外に、ヴァルフレードではなくアロルドが次期王になる可能性を示唆《しさ》してやると、ヴァルフレードが顔を真っ赤に染めた。

「お前……！」

「殿下は今、ご自身で渡る橋の橋脚を一本叩き折ったような状況ですのに、気づいていませんの？」

一本と言わず数本折ってしまったようなものだが、さすがに倒壊寸前だと伝えるのはかわいそうだし逆上しそうなので一本と言っておく。

「倒壊する前に修復なさいますようアドバイスしておきますわ。ただし、わたくしはお手伝いいたしません。だってもう、わたくしは殿下と何の関係もございませんもの」

元婚約者が、いつまでも自分のものだと思っているのならば考えを改めるべきだ。

アドリアーナはもうヴァルフレードの理不尽な要求にこたえる義理はないのだから。

おそらくヴァルフレードがこのまま王太子の座に残れるかどうかは、これから彼がどれだけの貴族――それも高位貴族を味方につけられるかにかかっているだろうが、ブランカ公爵家は少なくとも彼にはつかない。

そして、国内でもトップクラスの権力を持つブランカ公爵家がそっぽを向いた王太子に、どれだけの貴族が手を差し伸べるだろうか。

そういう意味でも、ヴァルフレードはアドリアーナと和解して、彼女を得ることでブランカ公爵家のバックアップを受けたいのかもしれないがそれは不可能だ。

たとえクレーリアと別れて、もう一度婚約者にと言って頭を下げてきても無理な話だった。

それなのに、クレーリアと別れずに側妃になれなんて、誰が考えても馬鹿げている申し入れだろう。

「アドリアーナ、お前、冷たいぞ！　八年間も俺の婚約者だったのに！」

とうとう情に訴えてきた。

（あぁもう、本当にイライラするわ！）

アドリアーナだけではない。

すでにサロンにいる使用人の顔は険しかった。

よく教育が行き届いている使用人たちなので、最初は表情を取り繕ってくれていたがもう無理なのだろう。アドリアーナだって無理だ。

ヴァルフレードをどうやってつまみ出してやろうかと考えていると、開けっ放しのサロンの扉をくぐって、背の高い黒髪の青年が入って来た。

「殿下、冷たいと言うのなら、八年間も殿下に尽くしたアドリアーナを公然と切り捨てた殿下の方ではありませんか」

冷ややかな声にヴァルフレードがハッと顔を上げる。

「ジラルド！　何でお前がここに……！」

「ジラルド……」

アドリアーナも、彼の姿にホッと胸をなでおろす。

ジラルド・オリーヴェ。アドリアーナやヴァルフレードよりひとつ年上の彼は、オリーヴェ公爵令息でアドリアーナとヴァルフレードの幼馴染《おさななじみ》だ。

襟足にかかるくらいの長さのさらさらの黒髪に、エメラルドのように綺麗《きれい》な緑色の瞳。彼の叔父が騎士団に在籍していて、幼少期から稽古をつけてもらっていたからか、騎士のように引きしまったすらりと高い体躯《たいく》をしている。

ジラルドはアドリアーナの側にやってくると、座りはせずに、じっとヴァルフレードを見下ろした。王太子を見下ろす時点で不敬ではあるが、王妹を母に持つジラルドはヴァルフレードと従兄弟の関係でもあるので、ヴァルフレードもこのくらいで騒ぎ出したりはしない。

「あまり我儘《わがまま》がすぎますと、我が家まで敵に回すことになりますよ?」

「……ぐ」

ヴァルフレードは低くうめいて視線を彷徨《さまよ》わせる。

アドリアーナを切り捨ててブランカ公爵家の反感を買ったヴァルフレードにとって、叔母が嫁いだオリーヴェ公爵家が最後の綱なのだ。ここでオリーヴェ公爵家にまでそっぽを向かれると、いよいよ王太子の座から引きずり降ろされることになるだろう。

「今なら黙っておいてあげます。俺の気が変わらないうちに、早々に立ち去ってください。——これ以上、アドリアーナを煩《わずら》わせるな」

最後に特別低い声を出して、ジラルドがヴァルフレードを睨《にら》みつける。

ヴァルフレードは悔しそうに唇を噛んで、それから渋々立ち上がった。

使用人からコートを受け取り、それを片手に玄関へ向かう。

さすがに無視できないのでジラルドとともに見送りに出ると、ヴァルフレードは何度もアドリアーナを振り返りながらとぼとぼと去っていった。

「こうなることはいくらでも予測できただろうに、殿下は相変わらず見通しが甘い」

「本当にね……」

ジラルドに同意しながら、アドリアーナは、ここに至るまでのことを思い出していた。

一　悪役令嬢、断罪される

アドリアーナが、ここが前世でプレイしていた乙女ゲームの世界で、自分がそのゲームの悪役令嬢アドリアーナ・ブランカであると気がついたのは、五歳か六歳か、そのあたりだったと思う。

成長過程で前世の記憶を思い出したのではなく、生まれ落ちたその日から前世で二十歳まで生きた記憶を持っていたアドリアーナは、それまでも「おかしいな」と思う部分は多々あった。

それが決定的になったのが、父に連れられて城に向かった、五歳だったか六歳だったかのときのことである。

乙女ゲームは、恋愛シミュレーションゲームだ。

ざっくりと説明すれば、ヒロインが攻略対象である男性と出会い恋に落ち、ハッピーエンドをむかえるというゲームである。

父に連れてこられた城で、その攻略対象のひとりであるヴァルフレードを紹介されたアドリアーナは真っ青になって、あまりのショックでその場で昏倒した。

ヴァルフレードは乙女ゲームの中でもメインの攻略対象だ。

艶《つや》やかな金色の髪に緑色の瞳。少し垂れ目の、柔らかく甘い顔立ちのヴァルフレードは、ゲームの攻略対象の中でも特に人気のキャラクターだった。ファンの間ではヴァル様という愛称で呼ばれていて、人気声優が声を担当していることもあり、確か、ボイスドラマまで発売されていた気がする。

性格はまっすぐで、けっこう序盤の方からヒロインに激甘。言い換えれば盲目。

同時に、ヒロインの敵――すなわちヒール役の悪役令嬢に対しては激辛という仕様である。

アドリアーナは前世で攻略対象すべてのルートをクリアしていなかったが、ヴァルフレードのルートはメインだけあってクリア済みだった。ヴァルフレードのメインルートをクリアしないと他の攻略対象が選択できないという仕組みのゲームだったからである。

その、ヴァルフレードルートの中に登場するスチルで、ヴァルフレードの幼少期の姿を描いたものがあったのだが、紹介されたヴァルフレードがその姿そのものだったのである。

ブランカ公爵家のタウンハウスの自室で目覚めたアドリアーナは、ここが乙女ゲームの世界だと確信して絶望した。

何故なら悪役令嬢ポジションであるアドリアーナは、のちのちに婚約者になるヴァルフレードから断罪されて幽閉されるという憂き目に遭うからである。

（……最悪だわ。最悪すぎる）

このゲームの舞台となるのは、ここ、カルローニ国。

貴族子女はよほどの事情がない限り、国が定めた学園を卒業しなくてはならない。

それは王太子であっても公爵令嬢であっても例外ではなく、アドリアーナは十六歳の時に学園に入学することになる。

そして男爵令嬢であるヒロインも、アドリアーナより一年遅く、ひとつ下の学年に入学し、ヴァルフレードと急速に心を通わせていく。

その過程でアドリアーナはヒロインを虐げ、ヴァルフレードに近づかないように妨害し、そのやり方があまりに過激で命の危険すら伴うようなものであったために、プロムでヴァルフレードから婚約破棄を突きつけられ断罪されるという流れだ。

ありがちなストーリーだが、自分が悪役令嬢であるのだから笑えない。

頭を抱えそうになったアドリアーナは、そこでふと、重大な事実に気がついた。

アドリアーナはゲームの世界では確かに断罪される。

だがそれは、ヒロインを虐げて命の危険があるほどの過度な嫌がらせをしたからである。

つまり――、罪を犯さなければ断罪されないはずなのだ。

（いくらゲームの世界だからってここは現実なのよ。無実の、しかも公爵令嬢がそう簡単に断罪されるものですか！）

アドリアーナはベッドから跳ねるように飛び起きた。

そばで様子を見ていた使用人がびっくりして慌ててアドリアーナの肩を押さえる。

「お嬢様、まだ安静にしていないといけませんよ」

「あ、そうね。ごめんなさい」

もう何ともないが、一応、気を失って倒れた身だ。使用人や両親を心配させないためにもしばらくおとなしくしておくべきだし——おとなしく横になって、今後の計画を立てておきたい。

（計画その一。ゲームの悪役令嬢のようなふるまいは絶対にしない！）

ヒロインをいじめないのは絶対条件だが、それ以外にも、おとなしくつつましやかな令嬢であるべきだ。何故ならゲームの中のアドリアーナは、悪役令嬢らしく高飛車で我儘なお嬢様だったからである。

性格面で言えば、生まれたときから前世の記憶があったおかげか、今のところ「高飛車で我儘なお嬢様」ではないはずである。

少なくとも前世日本人であるアドリアーナには「もったいない精神」が身についていて、散財はしないし、あれが欲しいこれが欲しいという我儘は言わなかった。というか、公爵令嬢であるアドリアーナの周りには、目が回るような高価なものが溢《あふ》れていて、彼女自身が何も言わなくてもあれやこれやと買い与えられたので、何かを欲求する必要がこれっぽっちもなかったからだ。ご飯もお菓子も美味しいし、至れり尽くせりな環境なのである。

（よく考えてみたら、ラッキーじゃない？）

アドリアーナはヒロインのライバルになるだけあって容姿端麗。

くるくると波打つ金髪に、紺色のぱっちりとした瞳を持ち、幼女である今でも将来有望なのがうかがえるほどの可愛さである。

そして、乙女ゲームではじめて登場するアドリアーナは十七歳だったが、その時の彼女の容姿は天使かと思うくらいの美少女だったのだ。もちろん、多少気は強そうな顔立ちだったが、それを抜きにしても、信じられないくらいの美人だったのである。

前世で平々凡々な顔立ちだった自分からすれば、アイドルなんて鼻で嗤《わら》えそうな美少女に転生したという時点で儲けものだ。

しかも公爵令嬢で超がつくお金持ち。

使用人たちもたくさんいるので、前世で苦手だった家事をする必要は一切ない。

一生左うちわで遊んで暮らせる環境である。

まあもちろん、貴族には貴族の義務や仕事があるので、何もせず三食昼寝付きついでに二回のティータイムもあるよ、的な悠々自適な生活だけを送るわけにもいかないことはわかっているけれど、それを引き算しても美味しすぎる環境である。

これは何としても、悪役令嬢として断罪されずに今の環境を享受したい。

（そのために綿密に計画を立てないとね。計画その二は、学園ではおとなしく、絶対にヒロインには近づかない！）

いじめないだけでは足りない。近づいたら何を言われるかわかったものではないので、極力関わらず、「名前も顔も知らないんですけど」くらいの距離感が望ましい。

（その三！　婚約者になる予定のヴァルフレードとは仲良くなるべし！）

ストーリーの通りにいけば、どこかのタイミングでアドリアーナとヴァルフレードは婚約するはずだ。ヴァルフレードに断罪されないためにも、彼と仲良くなっておく必要がある。

（ついでに国王陛下や王妃様も味方につけておくべきね。万が一の時におふたりが庇ってくれるかもしれないし）

そのためには勤勉で心優しい素敵な令嬢にならなければならない。……性格面で言えば一般ピープルだった前世の自分がかなり出張ってきていて「淑女」とはほど遠いかもしれないが、表面上取り繕えるようになれば問題なかろう。たぶんこれから教育係とかがたくさんつくだろうから、彼らの言うことを素直に聞いて学んでおけば間違いはないはずだ。

アドリアーナはそのまま計画その十まで綿密に立て――幼女の体でたくさん頭を使って疲れてしまったのか、気を失うようにもう一度眠りに落ちた。

夢の中に引きずり込まれるまま、「これで安心だー」と安堵《あんど》したアドリアーナが、せっかく立てた計画がすべて無意味だったと知るのは、それから十数年後のことになる――。

☆

（ああもううんざりだわ、何なのかしら。もしかしなくてもここはテレビの中で、テレビの外

で誰かがコントローラーを握りしめて操作してるんじゃないでしょうね）

もちろんそんなはずはないだろうが、そうとしか思えない状況にアドリアーナはこめかみを押さえて嘆息した。

卒業式が間近に迫った夏――。

この世界は元が乙女ゲームだけあって、季節感も日本の四季が意識されている。

暦も太陽暦が選択してあって、一年は三百六十五日で十二か月だ。

だが、どういうわけか学園の卒業と入学は三月や四月ではなく、卒業式が九月初旬、入学式が十月に設定されていた。

たぶんだがこれは、ゲームのエンディングが攻略対象との結婚式に設定してあり、スチル的にその結婚式を春にしたかったからこのような形を取ったのではないかと思われるが、アドリアーナはゲームを作った側の人間ではないので定かではない。

とにかくあと一か月で卒業式となった現在、アドリアーナは落ち着かない日々を送っていた。

アドリアーナは自分が悪役令嬢として断罪されないために様々な計画を立てたが、それを嘲《あざ》笑《わら》うように、現実は悪役令嬢路線をまっしぐらに進んでいるからである。

（最初の誤算は、やっぱりあれよ。殿下ね……）

断罪されないように仲良くしておこうと思ったのに、ヴァルフレードはアドリアーナに対して、はじめから好意的でなかった。

婚約してしばらくたってから知ったことだが、この婚約にはヴァルフレードの意思はまったく反映されておらず、政治的な力関係によって強制的に定められた政略的なものだったらしい。

貴族や王族に政略結婚は珍しくも何ともないが、ヴァルフレードは驚くべきことに、結婚するなら好きな女の子がいいと口に出して言うような夢見る少年だったのだ。

(王太子が「好きな子でないと嫌だ」なんて我儘を言うとはね……)

貴族令嬢や子息も、家のために結婚するのが義務と認識している世界で、王太子が感情を優先するとは誰が思うだろうか。

おかげでアドリアーナは何もしていないのに、「お前がいるから悪いんだ」とばかりにヴァルフレードに嫌われていて、その冷え切った関係はいまだに改善されずにいた。

アドリアーナとしてもそんな面倒臭い我儘王子は願い下げだったが、彼と極力仲良くしておかないと将来に関わると、必死になって距離を縮めようとした。

何を言われても文句を言わず、妃教育も必死になって頑張って、とにかくヴァルフレードに認めてもらおうとしたのだが——何をしても無意味だった。

そして次に絶望的だったのが、ヒロインである。

ヒロインの名前はゲームのデフォルト通りにクレーリア・ミラネージで、ゲーム通りにピンク色がかった茶髪に茶色い瞳の小柄で可愛らしい女性だった。

アドリアーナはヒロインの容姿も名前もわかっていたので、とにかく彼女に近づかないよう

に近づかないように頑張ったのだ。

それなのに、どういうことか、アドリアーナが避けてもクレーリアの方から近づいてきた。逃げても逃げてもしつこく関わろうとしてきて、仕方がないので当たり障りのないように関わっていたら、何故かアドリアーナがクレーリアをいじめているという噂が学園の中に広まりはじめたのである。

アドリアーナが何もしていないと言っても、そのころにはクレーリアとすっかり仲良くなったヴァルフレードは、アドリアーナの言い分をこれっぽっちも聞いてくれなかった。

それどころか、言い訳すればするほどに状況が悪くなっていく。

その場にいなかったのに、クレーリアが転べばアドリアーナが足を引っかけたという噂が流れ、噴水に落ちれば突き飛ばしたと言われる。

悪役令嬢がヒロインをいじめるイベントが発生する予定の日には、念のために王妃のお茶会に呼ばれたことを理由に学園を欠席しても、次の日にはアドリアーナがクレーリアに危害を加えたことになっているのだ。

ここまでくれば、何が起こっているのかアドリアーナにもさっぱりわからなかった。

「アドリアーナ、ジラルドが来てるよ」

自室でこれからどうすればいいのかと頭を抱えていると、三歳年上の兄のグラートが部屋にやって来た。

ジラルド・オリーヴェはアドリアーナよりひとつ年上の幼馴染で、ヴァルフレードの従兄弟だ。

小さいころは平気でアドリアーナの部屋にも入って来ていたが、お互いもう成人していて、アドリアーナはヴァルフレードと婚約しているので、異性が無暗《むやみ》に立ち入っていい場所ではなくなっている。

そのため、ジラルドが来るときはいつも、使用人たちの目のあるダイニングや庭で会っていた。

アドリアーナが階下に降りると、ジラルドはダイニングでお茶を飲んでいた。

「アドリアーナ、弟からいろいろ聞いたんだが……その、大丈夫？」

ジラルドは去年学園を卒業しているが、彼の弟が現在学園に通っている。ジラルドは三人兄弟の真ん中で、四つ年上に兄が、ひとつ下に弟がいるのだ。そして弟の方は、この乙女ゲームの攻略対象のひとりでもある。

「何かあったのか？」

ジラルドの心配そうな顔と声に、兄のグラートも眉を顰《ひそ》めた。アドリアーナが学園で不名誉な噂をされていることは、ジラルドも兄も知っているのだ。

「どこまで本当なのかはわからないけれど、アドリアーナの噂がどんどん膨れ上がっているらしいよ。学園は夏休みだというのに、いったいどこから発生している噂なのか……」

「殿下には釘を刺しておいたと言うのにまだわからないのか」

グラートがチッと舌打ちする。

グラートも父も、妙な噂からアドリアーナを守るようにと再三ヴァルフレードに進言していたのだ。

（ま、その本人がわたしがいじめてるって言う男爵令嬢に入れあげてるんだから、わたしを守るはずはないいんだけどね）

ただ、それを教えてしまうとグラートや父が激怒する可能性がある。ふたりが本気で怒ればアドリアーナとて抑えるのは不可能だ。ブランカ公爵家の怒りがそのまま王家へと向かえば、王家もただではすまない。

もっとも、ヴァルフレードがクレーリアに入れあげているのは、兄や父も情報としては掴んでいるだろう。その上でヴァルフレードがどう動くかを見ているのだ。

王族としての立場を優先するか、感情を優先するのか。

アドリアーナにはヴァルフレードがどう動くのか答えは出ているが、ふたりはこの世界が乙女ゲームの世界だと知らないから、ヴァルフレードが自分の行いを顧みて反省するかもしれないという希望も抱いているわけだ。ブランカ公爵家としても、好き好んで王家と対立したいわけではないからである。

「俺もリディオに探らせて、証拠の有無を確認させたんだが、今のところ噂は信憑性《しんぴょうせい》のないものばかりで、何だか誰かが作り話をしているように思えると言っていた」

リディオとはジラルドの弟の名前だ。

（リディオは攻略対象なのに、冷静に噂を判断してくれているのね）

リディオまでクレーリア寄りだったらどうしようかと思ったが、そうではなかったらしい。

ジラルドによると、リディオが集めた情報では、アドリアーナが実際にその場にいなくても、クレーリアに何かあればすべてアドリアーナのせいにされているような状況らしい。

「あり得ないことに、アドリアーナがクレーリアを毒殺しようとしたという噂まで出はじめた。リディオにもみ消すように言ったが……その噂を聞いた殿下が騒ぎ立てたせいでもみ消せないと嘆息していたよ」

「殿下にはもう一度特大の釘が必要なようだな」

（いくら言っても無駄だと思うけどね）

とはいえ、アドリアーナが断罪の憂き目に遭わないためには、ヴァルフレード側をどうにかするしかない。クレーリアの考えていることは、関わらなさすぎてアドリアーナにはさっぱりわからないからだ。

「うちからミラネージ男爵家に圧力をかけておいたけど、殿下があちら側についていたらどこまで有効かわからないね」

「ジラルド、そんなことまでしたの？」

「当たり前だろう？　男爵家が公爵家にたてついているようなものだ。分をわきまえろと父上を通して強めに抗議させてもらった」

「……そんなことをして、大丈夫なの？」

ジラルドがアドリアーナのために動いてくれたのは嬉しい。けれど、ジラルドが言った通り、ヴァルフレードがミラネージ男爵家についているのならば、下手に動けばジラルドの立場が危うくならないだろうか。

アドリアーナが心配していると、ジラルドが笑った。

「大丈夫だよ。こちらとしても、動く前に陛下にも連絡を入れてある。陛下も殿下の王太子らしからぬ行動には頭を抱えているようだった。陛下側が動くと大事《おおごと》になるから、うちから男爵家へ苦情を入れてもらえると助かるともおっしゃられたよ」

「そう……」

アドリアーナはホッとした。

国王の許可があるのならばジラルドやオリーヴェ公爵家におとがめはないだろう。それに、国王が苦情を入れることをよしとしたということは、アドリアーナにもまだ希望があるということだ。ヴァルフレードはともかく、国王はアドリアーナを批判するつもりはないと思われる。

（このまま何事もなくプロムが終わってくれるといいけれど……）

プロムさえ終われば、ゲームのストーリーは終わりと考えていい。

プロムで悪役令嬢を断罪した後でエピローグが流れて、あとは春の結婚式のスチルが出て終わるという流れだったので、プロムさえ無事に終われば問題ないはずだ。

ヴァルフレードとクレーリアの関係についてはその後もひと悶着あるかもしれないが、普通に考えれば男爵令嬢が王太子の妃になれるはずがない。もしヴァルフレードがクレーリアを娶《めと》ろうとしても、愛妾《あいしょう》か、よくて側妃だろう。

（愛妾とか側妃でクレーリアが殿下に嫁いだ場合、わたしに一生付きまとう問題ではあるんだけど……）

可能ならば阻止したいところだが、プロムが終わっていない今、下手に動くわけにはいかない。ここはプロムが終わるまで静観し、その後、父や兄を通して国王夫妻との相談の場を設けてもらう方向で考えるべきだ。

ゲームのストーリーが終わったとしても、その後、アドリアーナが安穏とした日常を手にするまでは、まだまだ先は長そうだ。ひと悶着どころか十や二十もいざこざが待ち受けていそうで憂鬱になってきた。

（穏便に殿下と婚約破棄できれば最高なんだけど、政略結婚である以上無理でしょうし）

アドリアーナはすでに妃教育の大半を終えている。

学園を卒業後、一年間の準備期間を経てヴァルフレードと結婚するのは、プロムで断罪されない限り既定路線だ。

「アドリアーナ、大丈夫だ。殿下が何を言っても、アドリアーナと殿下の婚約は白紙になんてさせないよ」

グラートがアドリアーナの肩を叩いて言う。

穏便に婚約解消ができるのならむしろそっちの方がありがたいんだけど――という言葉を飲み込んで、アドリアーナは微笑む。

ジラルドが複雑な顔をしてアドリアーナを見ていたことには、気がつかなかった……。

☆

（って、どうあっても回避できなかったか……）

華やかなワルツの音がぴたりと止んで、シーンと静まり返った学園の社交ホールで、アドリアーナは血の気の引いた顔でヴァルフレードを見つめていた。

先ほどまでワルツを踊るために大勢の男女がいた中央のダンスホールは、アドリアーナとヴァルフレード、それからヴァルフレードに庇われるように立つクレーリアを残して、不自然な空間が広がっている。

本来ここは、本日卒業した卒業生と教師、それから配膳を担当している使用人たちと楽師以外は立ち入れないはずなのに、どうして一学年下の在校生であるクレーリアがいるのか――そんな当然の疑問を口にする人間は誰もいなかった。

何故なら王太子であるヴァルフレードはこの場における最高権力者である。教師とて彼に逆らうことはできない。

けれども、これからよくないことが起こると判断されたのだろう、数名の教師が慌てて社交ホールの外に駆けだして行くのが見えた。

（おそらく陛下に連絡を入れに行ったんでしょうけど……今からだと間に合わないでしょうね）

城から学園までは距離がある。

そして教師が向かったところで、取次もなくすぐに国王と面会できるはずもない。

学園から城までの距離、そして城で待たされる時間を考えれば、国王の命令を受けて宰相か騎士団長あたりが駆けつけてきたとしてもすべてが終わった後に違いなかった。

正面に立つヴァルフレードの表情は険しい。

それを遠巻きに見やる学生たちは、好奇心をくすぐられた表情をしている人が半分、不安そうな顔をしているのが半分だ。

ヴァルフレードの発言によって国内の勢力図が一変する可能性があるため、ブランカ公爵家が落ちぶれて得をする人間と損をする人間によって顔色が違うといったところだろう。

国内でトップクラスの財力と権力を持つ公爵家が落ちぶれるということは、それだけ影響力があるということだ。下手をすれば国が大混乱に陥る。

（元がゲームとはいえ、いくら何でもご都合主義すぎるストーリーよね）

国中を大混乱に陥れ、王太子と男爵令嬢が結ばれてハッピーエンド。しかしそれは本人たちがよくても周りは大迷惑のバッドエンドでしかないとアドリアーナは思うが、今からどんな目に遭うかわかりきっているので、もはや国の命運を心配している余裕はない。

「アドリアーナ」

ヴァルフレードが低く硬い声でアドリアーナの名前を呼ぶ。

ここからのセリフは、予想通りだった。

「お前は公爵令嬢という身分を笠に着てここにいるクレーリア――ミラネージ男爵令嬢を虐げ、あまつさえ命まで狙おうとした。その行いは未来の王妃にふさわしいとは思えぬ！　よって、私はここでお前との婚約を破棄し、非道な目に遭ってもそなたを庇おうとした心優しきクレーリアと婚約を結びなおすことを宣言する。お前は未来の王妃殺害未遂の罪で処刑が妥当だろうが、クレーリアの嘆願により幽閉とす。連れていけ！」

一字一句ゲームと同じ言葉に、さすがにここまでくるとアドリアーナは馬鹿馬鹿しくなってきた。

（結局、ゲーム通りに進むのね）

はあ、とため息をつきたいのを我慢して、しかし、このまま言われっぱなしでは腹が立つと、アドリアーナはヴァルフレードに向き直った。

「虐げたとか殺害未遂だとかおっしゃいますけれど、証拠はございまして？」

「な――」

「このような公の場で罪だと言い、婚約破棄を宣言なさるのですから、相応の証拠があるのでしょう？　皆様にもわかるよう、お見せいただけないかしら？」

証拠なんてあるはずがない。

アドリアーナは何もしていないし、兄のグラートやジラルドも調べたがそのような証拠は何ひとつ存在していなかったと言っていた。

ヴァルフレードがこの場で証拠を提示できないのは明白である。

（どう転んでも宣言した以上撤回はできないでしょうけど、意趣返しくらいはしたいもの）

アドリアーナが言い返すとは思わなかったのだろう。

これまでのアドリアーナは、断罪の未来を回避すべく、何とかヴァルフレードに気に入られようと、彼に逆らったためしは一度もなかったからだ。たとえそれがどんな理不尽であろうとも笑顔で頷いてきた。そんなアドリアーナが、ヴァルフレードの言葉に反論するとは思わなかったに違いない。

顔を真っ赤にしてふるふると震えると、アドリアーナに指を突きつけた。

「ここにきてまでそのような横柄で傲慢な態度！　それが証拠だ‼」

「わたくしは当然のことを言ったまでですのに、それが横柄だとか傲慢だとか言われても困りますわ」

　あまり反論するとアドリアーナの今後の立場がさらに悪くなるかもしれないが、ブランカ公爵家のためにも、これが確たる証拠のない断罪であることをこの場にいる人間に示しておきたい。

（証拠不十分であることが周知されれば、お父様やお兄様のことですもの、そこの隙をいくらでもついてくださるでしょうし。わたしはともかく、公爵家はそれほど悪いことにはならないでしょう）

　アドリアーナはドレスのスカートの下で軽く足を開くと、床をぎゅっと踏みしめて臨戦態勢になる。

　ここでどれだけヴァルフレードの口から「証拠がない」という事実を引き出せるかが今後のブランカ公爵家の命運を左右するのだ。できるだけ引き出しておきたいところである。

「そんな適当な証拠では皆様納得いたしません。わかりやすい証拠のご提示をお願いいたします。いつ、どこで、わたくしがミラネージ男爵令嬢を害したのか。わたくしがやったという証拠を、今すぐご提示くださいませ。まさか王太子殿下ともあろう方が、証拠もそろっていないのに感情に左右されて行動されたはずはございませんものね？」

　ついでに、この場にいる人間に王太子の資質が疑問視されれば、なおのことブランカ公爵家は動きやすくなる。

婚約破棄を宣言されたのだ、アドリアーナがヴァルフレードの立場を守ってやる必要はどこにもない。王太子の位から引きずり下ろすのは無理でも、そのブランドに傷のひとつやふたつくらいならつけてやれるだろう。

「いい加減にしろ！　何をしている！　早くこの無礼者をつまみ出せ！」

ヴァルフレードの怒鳴り声に、おろおろしながら男子学生たちが寄ってこようとしたのを、アドリアーナは微笑みと、「あら、よろしいの？」という一言で押し留める。

罪が確定していない時点でブランカ公爵家を敵に回したい家はいないだろう。彼らは中途半端に近寄っただけで立ち止まり、ヴァルフレードをすがるように見た。

「今この場で提示できる証拠がないのならば結構ですわよ？　陛下の御前に参りましょう。そこでぜひ、わたくしや我が家を納得させせられる証拠をご提示くださいませ」

「ふざけるな！」

「ふざけているのは殿下では？　この場のことは、陛下はご存じなのかしら？」

「――っ」

ヴァルフレードが言葉に詰まった。

この場で押し通せば何とかなると踏んでいたのかもしれないが詰めが甘すぎる。

「この場で証拠をご提示なさるか、陛下の前でご提示なさるか、どうぞお選びくださいませ」

どちらにせよ、提出できる証拠はない。

アドリアーナは嫣然《えんぜん》と微笑んでヴァルフレードの答えを待つ。

するると、それまでヴァルフレードの腕にしがみついて黙っていたクレーリアが顔を上げて、茶色の大きな瞳をうるうると潤ませながら口を開いた。

「アドリアーナ様、ヴァルフレード殿下をこれ以上いじめないでください！」

「……は？」

あまりに論点の違う言葉に、アドリアーナは目を点にした。

（いじめるって、子供か！）

アドリアーナがあきれて反論できないでいると、アドリアーナがひるんだとでも勘違いしたのか、クレーリアがぽろぽろと涙をこぼしながら続ける。

「どうしてご自分の罪を認めないんですか？　わたくし、アドリアーナ様が反省なさってくれればそれでいいのです！　処刑なんてことにならないように、わたくしから殿下にお願いいたしますから、最悪なことにならないうちにどうぞ謝罪を！」

（……ええっと……）

クレーリアはいったい何を言っているんだろうかと、アドリアーナの頭の中が混乱する。

罪を認める認めないの話ではなく、証拠を出せとこちらは言っているのに、クレーリアの頭の中ではアドリアーナが罪を認めたくないがゆえにごねていることになっているらしい。

（この子の頭の中は大丈夫なのかしら……？）

ゲームのヒロインは、プレイヤーが操作していた。ゆえにアドリアーナもきっちりと認識できていなかったが、どうやら現実のクレーリアはいろんな常識が欠落しているらしい。ついでに今の発言から考えると頭も悪そうだ。

（まるで自分の発言で王太子を動かせるみたいな言い方もそうだし、公爵令嬢のわたしに対して上から目線がすぎるけど、そのあたり何とも思っていないみたいだし）

アドリアーナは前世の記憶があるので、身分社会について理解はしているが、下位の貴族の行動ひとつにそこまで目くじらを立てたりしない。

けれどもこの場にいる人間は違うだろう。

クレーリアの発言に目を見張った卒業生は、ひとりやふたりではなかった。

教師たちなどは青ざめている。

（まあいっか、クレーリアのこの馬鹿発言のおかげで、殿下に非難が集まるでしょうし）

分を知らない男爵令嬢を庇い、あまつさえ婚約して未来の王妃に据えようと考えるヴァルフレードは、王太子としてどうなのか——全員でないにしても、何人かは必ずそういう疑問を持つだろう。彼らが今日のことを帰って家族に説明すれば、貴族たちから王太子の資質を問う声があがるのは必定だ。

ぼろぼろと泣いているクレーリアを抱きしめてアドリアーナを睨んでいるヴァルフレードの口からは、証拠については何も出てこない。

「お前はどこまでクレーリアをいじめれば気がすむんだ！」

などと、こちらも論点がずれた主張をはじめて、アドリアーナはうんざりしてきた。

これ以上は付き合いきれない。

「この場で証拠がご用意できないみたいですので、陛下の御前でお願いしますね。わたくしは疲れたので失礼いたしますわ。陛下へは、父を通して場を設けてくださいますようお願いしておきます」

「おい――」

「ごきげんよう、殿下。それではまた、陛下の御前でお会いいたしましょう」

アドリアーナはヴァルフレードの制止を聞かず踵《きびす》を返すと、振り返ることなく社交ホールを後にする。

（……さて、この場で宣言された以上婚約破棄と幽閉は回避できないかもしれないけど、できるだけうちに利益があるようにお父様たちと対策しなくっちゃね）

ついでに幽閉先での環境も確保できれば万々歳だ。

心配し走って追って来た教師に帰宅を告げると、アドリアーナは公爵家の馬車に乗り込んだ。

二　悠々自適な幽閉生活のはじまり

そこから先は、ほとんどがアドリアーナの予想通りの展開で進んだ。

プロムから早々に帰宅したアドリアーナに驚いた両親や兄のグラートは、アドリアーナの話を聞いて激高し、その日のうちに城へ抗議に向かった。

そしてヴァルフレードが帰城し対策を練る前に国王に謁見の時間を取る約束を取りつけて戻ると、ジラルドも巻き込んで、アドリアーナがクレーリアに危害を加えていないという証拠を集め、ついでにヴァルフレードの王太子の資質を問う署名を同派閥の貴族たちから集めて回ると、それを持って謁見の場に赴《おもむ》いた。

もちろん、顔を青くしたのは国王夫妻とヴァルフレードである。

ヴァルフレードなどはまさかここまでの問題に発展すると思っていなかったのか、蒼白になって言葉もないようだった。プロムのときの威勢はどこへ消えたという感じである。

（お父様とお兄様はこういう時容赦ないからね）

父とグラートは徹底してヴァルフレードの非を追及し、反論ひとつ許さなかった。

その場にはジラルドも呼ばれていたが、彼も証拠不十分どころか、アドリアーナがクレーリアに危害を加えていない証拠を提示し、ヴァルフレードの行動を非難した。さらにアドリアーナという婚約者がありながら男爵令嬢にうつつを抜かしたヴァルフレードの不義理を持ち出して、非は王家にあることを明言してくれた。

国王の甥という立場で王位継承順位も上位のジラルドの発言は、ブランカ公爵家以上に重くなる。

その場に同席していた宰相も王妃もヴァルフレードを庇わず、ヴァルフレードは話し合いの席で完全に孤立した。

ヴァルフレードはその場にいながらいないものとして扱われ、彼を抜きにして話し合いは進められた。

国王も今回の件では全面的にヴァルフレードに非があると認めたが、しかしながらプロムという公式な場で、大勢の貴族の前で王太子が発言してしまった言葉の撤回は、そう簡単にできるものではない。

そのことはアドリアーナも、父や兄たちもわかっていた。

婚約が白紙になるのは確実で、さらにはアドリアーナの幽閉まで宣言してしまっている。

王太子が自身の発言を簡単に撤回しては王家の威信が傷つく。

何時間もの話し合いの末、やはりアドリアーナは表向き幽閉されるという形になると結論が出た。

どこかの折を見て幽閉を解く形で動くと国王は約束してくれたが、半年や一年で解くわけにもいかないので、しばらくはアドリアーナは幽閉先で過ごすことになる。

そのうえでアドリアーナの幽閉先をどうするかという話になり、王都から少し離れ、他の貴族の監視も少ない東の国境付近の王家直轄地にある離宮が妥当だろうということで落ち着いたのである。

幽閉先にはブランカ公爵家から使用人を連れていくことも許され、不自由しないように王家からも使用人を出し、さらには莫大な生活費も王家から支給されることになった。

さらにブランカ公爵家には多額の慰謝料も支払われ、アドリアーナがヴァルフレードの婚約者から外れることへの補填として、ブランカ公爵家の縁者を大勢文官や武官として重用してもらえる運びとなった。

これが、王家が出せる最大限で、父や兄はここまで引き出してようやく納得を見せた。

そうして、国王や王妃から何度も何度も詫びられながら、アドリアーナは東の王家直轄地にある離宮へと旅立ったのだ。

☆

「王家直轄地にある離宮の中で一番広いとは聞いていたけど、想像以上の大きさね、デリア」

離宮の二階。

見晴らしと日当たりのいい一室を自室に選んだアドリアーナは、窓の外から見える広大な山々に思わず感嘆の息を漏らした。

一緒についてきてくれた侍女のデリアは公爵家から運んできた荷物と、アドリアーナの到着に先立ち、王妃が詫びとして送ってきた流行のドレスや装飾品類をクローゼットに片付けていた手を止めて振り返る。

「まるでお城みたいですね」

デリアのその感想は間違っていない。

隣国との関係が落ち着いているので今は機能していないが、元々ここは、東の防衛の要として造られた都だった。

王家直轄地になる百年前まではこの地は辺境伯が治めていて、ここは辺境伯が住んでいた城だったのである。

王都の城のような華やかさはないが、防衛という面ではとても機能的な造りになっていて、周囲を高い外壁で覆い、さらに高い尖塔が四か所建っていて、城の周りを取り囲む山々とその奥に見える国境の壁を見渡せるようになっていた。

父が快く貸してくれたので、ブランカ公爵家から十人ほど使用人を連れてきたが、王家からも大勢の使用人と、それから護衛のための騎士まで派遣してもらえて、何だか女城主にでもなったような気分である。

あまり目立ってほしくないので頻繁に町には下りないでほしいとは言われていたが禁止されたわけでもないので、幽閉と言ってもそれほど窮屈な感じはしていない。

「考え方によってはラッキーよね。殿下との婚約も解消できたし、ここでのんびり過ごしていいんだもの」

「お嬢様……」

デリアはあきれ顔で肩をすくめた。

「殿下との婚約解消を大っぴらに喜ぶべきではありませんし、ここに何年も拘束されては結婚にも響きます。少しは怒ってください」

「あらでも、デリアも殿下は気に入らなかったんでしょ」

「お嬢様への態度に怒ってはおりましたが、それとこれとは別ですよ」

まあ確かに、王太子に婚約破棄されたという事実はアドリアーナに一生付きまとう汚点だろう。落ちついたころに幽閉処分を解いてくれると国王は言ったが、貴族令嬢として一生涯独身でいるわけにもいかないので、結婚問題もついて回る。今回の件でブランカ公爵家におとがめがなかったので、嫁ぎ先は探そうと思えばいくらでも探せるが、ここに数年拘束されれば結婚適齢期が過ぎるのは間違いないのでどこまでの良縁が望めるかはわからない。

（わたしとしては別にいいんだけど、デリアにしてみたら、例えば伯爵令息だって納得できないんでしょうね）

王妃になる予定だったアドリアーナが、格下の家に嫁ぐ可能性があるのが許せないのだと思う。とはいえ、公爵家や侯爵家は数が少ないし、相手も限られるので、そこに限定して相手を見つけるのは大変だ。子爵家以下はさすがにないだろうが、伯爵家までは候補に入るはずである。

アドリアーナにしてみれば、それなりに心を通わせられて、互いに大切に思える相手ならば誰であろうといいのだけれど、子爵家出身の生粋の貴族であるデリアからすれば、ずっと格下の家に嫁ぐのは不名誉なことであるらしい。

「でも、お父様たちが陛下が青くなるほどの慰謝料をふんだくったから、わたしの結婚問題まで保証してもらうのは無理だと思うわよ」

国の運営に関わる部分からお金を捻出するわけにいかないので、ブランカ公爵家に支払われたお金は国王や王妃、それから王太子やその弟王子のための生活費や衣装代などから引き出された。

さらにアドリアーナが王太子妃として嫁ぐときの結婚資金に充てられるはずだったお金もすべて分捕ってきたのである。

(あれだけ奪い取ったら、陛下たちは来年の予算の算定まで新しい衣装をひとつ調えるのも厳しいでしょうね)

我が父や兄ながら容赦がない。

むしろ罪のないアドリアーナを幽閉させるのだから、自分たちはそれ以上に質素で苦しい生活をすべきだと言わんばかりの対応だ。

アドリアーナの幽閉先での生活費は、王家の生活費ではなく国庫から出されるので、臣下たちからの視線も痛いはずだ。表だってアドリアーナに非がないとは宣言されなかったが、国庫から莫大なお金がアドリアーナのために動かされている事実を見れば、今回の非がヴァルフレード側にあるのは誰もが気づくところであろう。

(まあ、わたしにはもう関係のないことだけどね！)

アドリアーナは大きく伸びをした。

窓の外の山々はまだ青々としているが、これから秋が深まるにつれて徐々に紅葉し、美しく色づいていくことだろう。今からとても楽しみである。

「ねえデリア、荷物の片付けが終わったら、近くを散歩してみない？」

「いいですね。少し行った先に川や湖があるらしいですよ。湖ではボート遊びができるように、ボートも用意してくださっているらしいです」

「それは至れり尽くせりね」

国王夫妻は本当にアドリアーナの生活に最大限の配慮をしてくれているようだ。

書庫にはたくさんの本があったし、アドリアーナくらいの年代の女性が好む物語もたくさん届けられている。

アドリアーナが望むなら、犬や猫なども飼っていいと言われていた。

料理人は城から王宮料理人が派遣されているし、友人を呼んでも構わないと言われている。

（もうここまでくれば幽閉じゃない気がするけど、まあいいわ）

国王も「表向き幽閉」と言っていたので、本当に幽閉したときのような扱いにするつもりはこれっぽっちもないらしい。

「これ以上寒くなったらボート遊びもできなくなるし、せっかくだから、遊んでみる？」

「では、料理長に言ってお弁当を作ってもらったらどうでしょう？　ボートの上でランチとか、楽しいかもしれません」

「名案ね！　採用するわ！」

デリアがにこりと笑って部屋を出ていく。

ゲームのストーリー同様に断罪イベントが起こったときは絶望しそうになったが、蓋を開けてみればそれほど悪くない結果に落ち着いた。

（というか、殿下と結婚する未来より今の方がいいかも）

楽しい幽閉生活になりそうだと、アドリアーナはもう一度窓の外に視線を向けて微笑んだ。


デリアと、それから数人の護衛を連れてアドリアーナは湖へ向かった。

大きくはないが、透明度が高くとても綺麗な湖だ。

覗き込めば、水中植物はあまり見当たらず、ごつごつとした岩肌が見えた。

護衛の騎士がボートを漕いでくれると言ったけれど、運動不足にならないために自分で漕ぐと言ってデリアとふたりでボートに乗り込む。

アドリアーナもデリアも最初はうまく漕げなかったが、しばらくすると慣れてきた。

湖の真ん中のあたりにボートを止めて、持ってきていたお弁当を開く。

急に頼んだにもかかわらず、見た目にもこだわってくれたお弁当は実に華やかだ。

（学園での勉強とか、王妃教育とか、ずっと何かと忙しかったから、何もしないでいいっていうのは新鮮ね）

学園では未来の王妃として恥ずかしくない成績を修めなければならなかったから、それなりの努力が要求されたし、王妃教育は言わずもがな。

公爵令嬢として、また、ヴァルフレードの婚約者として、パーティーや式典などに出席する必要もあった。

退屈とは無縁の日々を送って来たアドリアーナにとって「何もしなくていい」というのは、新鮮であると同時に戸惑いを生む。

（前世のわたしは、休みの日とか何をしてたっけ？）

たぶん、前世の方が暇だったと思う。

学校はあったけれど土日祝日は休みだったし、大学に通いはじめてからは高校以前よりもっと時間を持て余していた。

アルバイトもしていたけれど、親が高い金払って大学に通わせているのだからしっかり学べと言ったので、週に二回ほどお小遣い稼ぎのためだけに働いていただけである。

しっかり学べと言われても、高校までと違って、受験だ何だと目標があるわけでもなく、ずっと机にかじりついて勉強をしていたわけでもなかった。

（土日は家でごろごろするかゲームをするか友達と遊びに行くか……、だった気がする）

さすがに公爵令嬢のアドリアーナが「ごろごろ」と怠惰に過ごすわけにもいかないだろう。というより、アドリアーナのために使用人が働いているのに、自分は怠惰な猫のような生活をするのは気が引ける。

かといって、「友達と遊びに行く」のも無理な気がした。デリアとは仲がいいけれど友達ではないし、よく考えてみれば、学園に友人はいたが、皆アドリアーナを次期王妃として見ていたのでちょっと距離感があった。

気が置けない友人は、幼馴染のジラルドだけな気がするが、彼は王都にいる。

（うん、前世参考にならないわ）

いつまで幽閉生活を続けることになるのかはわからないが、何もせずに過ごすのにも限界があるだろう。

当面の目標は、ここで何をするかを見つけることになりそうだ。

「あ、お嬢様、見てください！　魚です！」

デリアが湖の底を指さした。

「本当。結構大きいわね。……食べられるかしら」

「食べられる……？」

「だって……」

（ほら、鱒《ます》とか、美味しいし……）

鱒ではないが、前世でイワナ釣りをしたことがあったなあと思い出す。

まあ、あれは半分釣り堀のような、川をせき止め養殖のイワナを放流しただけの体験型レジャーだったけれど、結構楽しかった。

公爵令嬢が釣った魚をその場で捌《さば》いて焼いて食べるのは無理だろうが、ここで釣りをするのはありかもしれない。釣りくらいならギリギリ許してくれそうだ。

「今度釣竿を持ってこようかしら？」

「お嬢様、釣りなんてしたことありましたっけ？」

「んーと、まあ、ないけど、何とかなるんじゃない？」

前世で少しだけ経験したとは言えないので、アドリアーナは笑って誤魔化す。

（あ、ついでに魚の養殖とかはじめるのもありかしら？　でもこの世界に養殖なんてないから、変に思われるかしら ね……）

せっかく湖があるのだから、ここで魚を育てるのもありかと思ったが、計画を立てるにしても、突然の思い付きではじめない方がいい気がした。

離宮の敷地内なら自由にしていいと言われているので、養殖にこだわらず、この広大な敷地を生かせる何かを考えるのも楽しそうだ。

「ふふ……」

「お嬢様、どうかしたんですか？」

「うん、何もないところから、何かをはじめるのを考えるのも楽しそうだなと思って」

「は、あ……？」

デリアがきょとんと首をひねる。

「よくわかりませんが、わたくしはお嬢様が楽しければ何をしてもいいと思います！」

デリアの言うように、何をしてもいいとまでは思わないけれど、もう王太子の婚約者ではないのだ。ヴァルフレードの目を気にして行動する必要はない。

（婚約破棄してくれてありがとう、殿下！）

これは意外と結果オーライというやつではないかと、アドリアーナは笑った。

三　コンソーラ町の不可解

幽閉という名目で離宮に来て一週間。

その間、アドリアーナは離宮内や周辺の山々へは行ったものの、敷地の外へは一歩も出ずに過ごしていた。

というのも、離宮の敷地は、あたり一帯に広がる山々の端っこまでに及ぶようで、離宮から山を出るだけでも馬車で一時間もかかるのである。

山の出口から一番近くの町であるコンソーラ町までも馬車で一時間近くかかるので、合計で片道約二時間。ちょっと散歩に……と気軽に出向ける距離ではないのだ。

もちろん離宮に馬車は置かれているし、馬もいる。

けれども名目上とはいえ幽閉の身であるアドリアーナが、ここに到着して早々町の中を悠然と闊歩《かっぽ》していては外聞が悪かろう。国王夫妻や父たちの耳に入ってもとがめられることはないだろうが、一応はしばらく様子見に徹することにした。

とはいえ、住んでいる場所の情報が何もわからないのもどうなのだろうかと、アドリアーナは王家が手配した使用人の中で一番このあたりに詳しそうな執事を捕まえて学ぶことにした。

かつてボニファツィオ辺境伯が治めていたことからこの地がボニファツィオと呼ばれている

ことは知っているけれど、それ以外の情報はまるでない。

王家が手配した執事はもともと国王の侍従だったひとりで、王家直轄地にも詳しい。

カルメロという名の執事に聞いたところ、ボニファツィオは領地の大半が山に覆われていて、大きな町がひとつと、中くらいの町がふたつ、あとは小さな村や集落があるだけだそうだ。主な産業は果樹栽培で、特に柑橘類の栽培が盛んだという。

現在は王家の直轄地のため当然領主は置かれておらず、三つの町に代官を置き、近くの村や集落をそれぞれの町に近い側の代官がまとめて管理しているそうだ。

ここから一番近いコンソーラ町が、領内で一番大きな町らしい。本来であれば離宮にアドリアーナが来たので代官が挨拶に来るべきだというが、名目上幽閉となっているのでそのままになっているのだろうとカルメロは言った。

コンソーラ町の代官は、ルキーノ子爵が務めているという。

「わたしの方から挨拶に行った方がいいかしら?」

「いいえ、幽閉という名目ではございますがアドリアーナ様は現在この離宮の主ですし、ブランカ公爵令嬢でもいらっしゃいますから、わざわざ足を運ぶ必要はございません。来ないあちらが悪いのです」

「普通は幽閉された相手に挨拶なんてしないでしょう?」

「そうおっしゃいますが、陛下から内々に事情はご説明されているはずです。アドリアーナ様が離宮から出るだけで騒がれたりしたら大変ですからね」

　知っていて来ないのだから放っておけばいいのだとカルメロは言う。

「利に疎《うと》い無能な人間の相手をする必要はございませんが、こちらがアドリアーナ様に届いております」

　そう言ってカルメロが差し出したのは、ルキーノ子爵以外の、残るふたりの代官からの手紙だった。残るふたりの代官はともに男爵らしい。ふたりともかつて城で働いていた文官で、カルメロもよく知る人物だそうだ。

「えっと、面会依頼？」

「はい。アドリアーナ様にご挨拶したいようです。夕食会でも開けば一度ですみますし、それほど堅苦しくなくてよろしいかと存じます」

「そうね。じゃあ、夕食会を開きましょう。日時はどうしようかしら？」

「双方の準備を考えると、三日後以降がよろしいかと」

「じゃあ、余裕を見て四日後にしましょう」

「かしこまりました。おふたりへのお返事は私が代筆しておきます」

「ありがとう」

　カルメロは実によく気がつく聡明な執事だ。国王も重用していたに違いない。

（すごい人を貸し出してくれたのね。陛下にはお礼を書いた方がいいかしら？）

ヴァルフレードの——ひいては王家のせいで離宮に追いやられたのは間違いないが、かなり心を砕いてくれているのも本当だ。うん、国王へのお礼は必要だろう。

アドリアーナはライティングデスクに向かうと、透かし模様でブランカ公爵家の紋章が入った薄ピンク色の紙を取り出し、国王宛のお礼状をしたためた。

デリアに言って手紙を届けてもらうように使用人に言づけてもらうと、窓から見える山に視線を移す。

(天気がいいし、散歩にでも行ってこようかしら)

このあと特に用事を思いつかなかったアドリアーナは、夕食までの間、のんびり近くを散策することにした。

ひとりで出歩くのは危険だと言われて、騎士ひとりとデリアの三人で離宮の外に出ると、散歩道として整えられている小道をのんびり歩いていく。

「この前散歩していたときに栗の木を見つけたじゃない？　そろそろ落ちているかしら？」

「どうですかね？　寄ってみます？」

「ええ。落ちてたら拾って帰ってお菓子にでもしてもらいましょ」

「それは構いませんが、棘《とげ》が刺さったら危ないので触らないでくださいね」

一緒についてきてくれた女性騎士のヴァネッサが苦笑気味に注意をした。

アドリアーナは自分の足元を見て、確かにいがぐりを踏んづけて栗を出すには向かない靴だと思い頷く。

「そうね、この靴じゃあ棘が刺さりそう……」

「栗が落ちていたら、わたしが拾いますから」

ヴァネッサが自分のブーツを指さして言う。ヴァネッサのブーツはいざと言うときに走りやすいよう、底に分厚いゴムが張ってあるし、丈夫そうなので、いがぐりを踏んでも大丈夫そうだ。

前回散歩したときに見つけた大きな栗の木があるあたりに向かいながら、アドリアーナは栗を拾ったらどんなお菓子にしてもらおうかと想像を働かせる。

（クリームにしてもらってモンブランとかパイにしてもいいけど、そのまま甘露煮にしても美味しいわよね）

離宮の周りの山の中には、栗の木もそうだが、他にもリンゴやミカン、梨やレモンなど、びっくりするくらいたくさんの木が生えていた。

これらは、かつてこの地を治めていたボニファツィオ辺境伯が、もし隣国が攻めて来た場合に備えて少しでも食料を確保するために植えたものらしい。

兵糧は戦場において何よりも優先して確保しなければならないもので、それが底をつけばいかに兵士がたくさんいようとも戦い続けることは不可能だ。

ボニファツィオ辺境伯が植えたそれらの植物は、年月を経て野生化し、周囲の木々と同化するようにしてあちらこちらに点在するように生えていた。

動物や鳥の糞で運ばれたりした種があちこちで芽吹いたりしたのだろう。

人が管理して育てたものではないので味は落ちるかもしれないが、散歩中にそれらに出くわすと何だかわくわくしてしまうものだ。宝箱を発見したような気分である。

「止まってください」

三人並んで栗を拾ったらどうするかと話しながら歩いていると、突然ヴァネッサが表情を険しくしてアドリアーナとデリアに歩みを止めるように指示を出した。

(野生動物の気配でもするのかしら?)

このあたりに熊は生息していないと聞くが、猪は意外とどこにでもいる。巨体が突進でもしてきたらひとたまりもないので、アドリアーナはごくりと唾を飲みこんだ。

ヴァネッサはアドリアーナとデリアにその場から動くなと伝えて、重心を低くして足音を殺すように先に進んでいく。

「大丈夫ですお嬢様。何があってもわたくしが守りますから」

デリアが拳を握りしめて、アドリアーナを守るように前に立った。

「何言っているの、万が一の時は全員で逃げるのよ。猪だってそう遠くまで追ってきたりしないわよ、きっと」

「は？　猪？」

デリアがハトが豆鉄砲を食ったような顔で振り返った。

「違うの？」

「いくら何でも、ヴァネッサ様が猪ごときであれほど警戒することはないと思いますよ」

「じゃあ、熊？」

「熊はこのあたりにいないと聞いています。って、そうじゃなくて、人間ですよ！　何者かが入り込んでいるのかもしれないです」

（ああ、なるほど）

その可能性は考えていなかった。

山の出入り口からここまではそれなりに距離があるし、王家の敷地に無断で入り込むなど恐れ多くて普通は考えないだろう。

（でもあり得ないことはないわよね。うっかりしていたわ）

山の中だから出てくるのは動物だと思い込んでいた。

「だけどデリア。相手が人間だったとしても逃げなきゃダメよ。何が目的かわからないけど、万が一の時には走って逃げるわよ。ここから離宮はそれほど離れてないもの。デリアが逃げなきゃ、わたしも心配で逃げられないじゃない」

「またそういうことを言う。わたくしよりもお嬢様の方が――」

大事です、と言いかけたデリアの声が途中で切れた。

ヴァネッサが向かった先から「うわあ！」という子供の声と、「何者です⁉」というヴァネッサの声が同時に響いたからだ。

何が起こったのだろうかと警戒しながら待っていると、ヴァネッサが十歳くらいの男の子と七歳くらいの女の子を両脇に抱えて戻って来た。

（子供ふたりを抱えるとか、ヴァネッサ、力持ちね……）

ヴァネッサが捕まえてきたのが子供だったからだろうか、アドリアーナはほっと安堵して、変なところで感心してしまう。

「ヴァネッサ、その子たちは？」

「栗の木の下にいました。事情は今から聴くところです」

「栗の木の……」

見れば、男の子の手には麻袋がしっかりと握られていた。栗拾いをしていたのかもしれない。

男の子も女の子も真っ青な顔をして震えていて、かわいそうになったアドリアーナはヴァネッサにふたりを下ろしてあげるように指示を出す。

「逃げようとしたら斬ります」

ヴァネッサが腰の剣に触れて言うと、女の子がわっと泣き出した。

その子を庇うように男の子が抱きしめて、強張った顔をこちらへ向ける。

「ヴァネッサ、相手は子供だから……。ええっと、君たち、ここで何をしているの？」

子供相手にも容赦がないヴァネッサに困惑しつつ、アドリアーナはその場にひざを折って子供たちの目線の高さに合わせる。

デリアが「お嬢様、危険です」と言っているが、栗拾いをしていただろう子供ふたりの何が危険だろうか。

まったくふたりとも警戒しすぎだとあきれて、アドリアーナは震えているだけで答えない子供に「どこから来たの？」と質問を重ねた。

男の子がごくりと喉を鳴らして「コンソーラ町」と小さく答える。

「コンソーラ町？　距離がずいぶんあるけど、まさか歩いてきたの？」

森の出口まで馬車で一時間、そこからさらに馬車で一時間かかる町だ。子供の足では何時間もかかるだろう。

男の子がこくんと小さく頷く。

（どうしてこんなところまでわざわざ……、というか、この子たちボロボロじゃないの）

着ている服は土や砂で汚れていて、継ぎはぎだらけだ。服の袖や裾からのぞく手足もびっくりするほど細い。

まさか親から虐待を受けている子たちではなかろうかとアドリアーナは表情を強張らせたが、

見える場所には殴られたようなあざはない。

（ってことはネグレクトとか？　でも……）

服が継ぎはぎだらけということは、服に穴が開けば継いでくれる誰かがいるということだ。ネグレクトであれば、それすらしてもらえないはずである。

怪訝《けげん》に思っていると、男の子が「領主様？」と遠慮がちに聞いてきた。

「えっと、領主様じゃないのよ。この先の離宮に住んでいるのは間違いないけれど……。えっとヴァネッサ、この子たちを離宮まで連れていってもいいかしら？　ここで立ち話も何だし、何か理由があるかもしれないから」

ここが王家の敷地であることは、おそらく子供たちも知っているはずだ。

無断で侵入して罰を受けないように大人たちが言って聞かせているはずだし、森の出口には門があって、そこには門番が置かれている。子供たちが門から侵入しようとすれば門番が止めるだろう。

つまり、この子たちは人目を避けて道らしい道のない木々の間から山に入ったことになる。この子たちをそこまでさせた理由は何か、とても気になった。

「しかし……」

「いいじゃやない。武器なんて持っていなかったんでしょう？」

ヴァネッサがここまで連れてきたということは、彼らが武器を持っていないからだ。武器を持っていたらヴァネッサはその場で縛り上げるなり何なりして、武器も取り上げていただろう。

ヴァネッサは肩をすくめて、仕方ありませんねと頷いた。

行きましょうと声をかけると、子供たちは警戒しながらアドリアーナの後をついてくる。

できるだけ子供たちの緊張を解きほぐそうと、アドリアーナは笑顔で話しかけた。

「そういえば名前は何なの？　わたしはアドリアーナよ」

「ダニロ。……こっちは妹の、エンマ、です。アドリアーナ様」

たどたどしい言葉遣いだったが、親からそれなりに教育を受けているとわかる受け答えだ。

ダニロが焦げ茶色の髪に水色の瞳、エンマが黒髪にオレンジの瞳と、持っている色は違うが、兄妹と一目でわかるほどよく似た顔立ちである。

細いが、ここまで歩いてきたということはそれなりに体力はあるのだろう。よく日に焼けているので、出かけることが多いのかもしれない。

ヴァネッサが少しだけ警戒を解いたのがわかった。

アドリアーナに無礼を働かないかどうか目を光らせていたデリアも、ダニロの慎重に言葉を選ぶような話し方に表情を柔らかくする。

「ダニロとエンマね。栗を拾っていたの？」

ダニロが、持っていた麻袋を握る手に力を入れた。取られると思ったのだろうか。

「……はい」

「そう。たくさん採れた?」

「え?」

ダニロがぱちぱちと目をしばたたく。

「わたしも栗が落ちているかどうか見に行こうと思っていたのよ。たくさん落ちていたかしら? それとももう少し待った方がいいかしら? どう思う?」

「えっと……たくさん、落ちていまし、た」

「そうなのね。じゃあまた明日にでも行ってみるわ」

「……怒らない、んですか? その、勝手に拾ったし」

「怒らないわよ。だってわたしひとりじゃ拾いきれないくらい大きな木じゃない」

「そういう問題じゃないいんですけどね」

横で聞いていたデリアが苦笑する。

アドリアーナはデリアに「いいじゃない」と笑って、ダニロとエンマに視線を戻した。

「栗が好きなのかしら?」

純粋な疑問で訊ねると、ダニロが悩むように視線を落とした。

そんなに難しい質問ではなかったはずなのに様子がおかしいと思っていると、小声で「食べられれば何でもよかったから」とダニロが答える。

(食べられれば何でもいい?)

いったいどういうことだろうか。

アドリアーナは痩せ細っているダニロとエンマの腕や足にもう一度視線を向けて、デリアに言った。

「一足先に戻って、お菓子とお茶……あと、お腹に溜まりそうな何かを準備しておいてくれないかしら？」

アドリアーナの言わんとすることがわかったらしいデリアは、ふたりに顔を向けた後で、わかりましたと離宮に向かって走り出した。


離宮につくと、土汚れたダニロとエンマにカルメロが眉を顰めた。

どうやら土だらけの服で離宮の中に入ってほしくないようだ。

カルメロは国王の侍従だっただけあってこのあたりにはうるさそうなので、アドリアーナは先手を打って彼に向かってにこりと笑った。

「何か着替えを貸してあげてくれないかしら？　子供服はないかもしれないけど、何かあるでしょう、着られそうなもの。気になるなら着替える時に体を拭いてあげるといいと思うわ」

「……かしこまりました」

アドリアーナが意地でもダニロとエンマを離宮に入れるつもりだと察したカルメロは、肩をすくめてメイドを呼んでふたりの着替えを命じる。

「ふたりとも、お姉さんについて行って着替えさせてもらってらっしゃい。お茶とお菓子を用意して待っているわ」

「……お菓子」

そのときはじめてエンマが声を発した。小さな声だったが、それまで警戒一色だった彼女からそれ以外の反応が引き出せてアドリアーナはちょっと嬉しくなる。

ダニロは戸惑っているみたいだが、妹がオレンジ色の瞳を輝かせているのを見て、申し訳なさそうにアドリアーナに頭を下げた。

「ありがとうございます、アドリアーナ様」

「お礼はいいから、ほら、エンマが待てなくなる前に着替えてらっしゃい。……カルメロはこっちにお願い」

ふたりがメイドに連れられて行くと、アドリアーナは一足先にサロンへ向かった。カルメロと、それからデリアとヴァネッサも一緒だ。

サロンに入ると、メイドがお茶をお持ちしましょうかと訊ねてきたが、アドリアーナはダニロとエンマが戻って来てからでいいと断って、部屋の扉を閉めるように言う。

部屋の中が四人だけになると、アドリアーナは声を落としてカルメロに問いかけた。

「ここボニファツィオは、子供が食べるものに困るくらい収穫量が低いのかしら？　貧民に対する援助はどうなっているの？」

ダニロとエンマが親から虐待を受けているわけでないのならば、彼らがあれほど痩せ細っているのはおかしい。ましてやコンソーラ町から遠く離れた王家の山に食べ物を求めてやってきたということは、近くに食べるものがないからだと思わざるを得なかった。

カルメロはアドリアーナが言わんとすることにいち早く気づいたようで、顎《あご》に手を当てて眉間にしわを刻んだ。

「この地域の納税分の作物が減ったとは聞いていませんし、不作の報告も受けていないはずです。もちろん今年分の報告はまだ上がっていませんが……、アドリアーナ様がこちらにいらっしゃることになりましたので、事前調査はされているはずです」

「調査報告書はわたしが見ることも可能？」

「もちろんです。私も気になりますので、王都に連絡して調査報告書を送ってもらいましょう」

「ありがとう。お願いね」

カルメロが一礼して去っていくと、デリアが不思議そうな顔をした。

「何か気になるんですか？」

「子供が食べるものに不自由している環境っていうのがちょっとね。確かに経済状態は各家庭で違うけど……王都では、飢餓で国民が命を落とすことがないように、生活の苦しい家庭への食糧支援があるじゃない？」

「そうなんですか」

「そうなのよ」

やはりデリアは知らなかったらしい。

まあ、国政についていない貴族の子女は平民向けの国の支援を知らなくても仕方がないだろう。アドリアーナは妃教育の一環で学んだので知っているだけで、ヴァルフレードの婚約者になっていなかったら知らずに生きてきただろうし。

ヴァネッサは騎士団に籍を置いているだけあって、食糧支援については知っているようだった。炊き出しや配給には兵士が駆り出され、騎士はその指揮をとらされたりするので、もしかしたらヴァネッサも配給などに携わったことがあるのかもしれない。

「王都以外の食糧支援についてはその地を治める領主の裁量に任されているんだけど、ここは王家直轄地でしょう？　王都と同等とまではいかなくても、相応の対策は取られていると思ったんだけど……ヴァネッサ、何か知ってる？」

「詳細までは把握しておりませんが、直轄地へ騎士団が配給のために派遣されることはありません。おそらく代官の裁量に任されているのでしょう」

「なるほどね……」

そうなると、食糧支援が適切に行われていない可能性も出てくる。

貧困層への食糧支援は義務づけられているけれど、どこまで支援するかについては領主の裁量に任されているので、同様にこの地の代官の裁量で決めていいことになっているのならば、ろくな支援をしていないとも考えられた。

（まだ結論を出すには早いけど、調べたいわね）

アドリアーナはもうヴァルフレードの婚約者ではなく、将来この国を担うことはない。しかし、見て見ぬ振りはできそうもなかった。

考え込んでいると、メイドがダニロとエンマの着替えが終わったと連絡してきた。

念のためヴァネッサを残し、デリアにはサロンから退出してもらうと、ダニロとエンマを招き入れる。

メイドにお菓子とお茶、それから栄養面を考えて野菜のポタージュやサンドイッチなどの食事を運ばせると、ダニロとエンマが瞳を輝かせた。

「好きなだけ食べてちょうだい。マナーは気にしなくていいわ」

平民の子供が貴族の食事マナーを知っているはずがない。デリアが見れば眉を顰めそうなので出て行ってもらったし、ヴァネッサは騎士なので多少のマナーの崩れは気にしないはずだ。

遠征先などではテーブルに座ってナイフやフォークで食事できない場面も多々あるだろうから、ある程度は目をつぶってくれると思う。

「手を拭いてから食べましょうね」

そう言ってエンマの手を濡れたタオルで優しく拭うメイドも、ふたりの食事マナーに目くじらを立てることはないだろうと判断できた。

ダニロも手を拭き終わって、ちらりとアドリアーナを見上げてくる。

アドリアーナが大きく頷くと、ダニロは薄切りにした肉がたくさん挟んであるサンドイッチを掴《つか》んで、大口を開けてかぶりついた。

エンマも兄に倣《なら》ってサンドイッチを食べはじめる。

ふたりの旺盛な食欲にヴァネッサやメイドが目を丸くして、それから微苦笑を浮かべた。

（よほどお腹がすいていたのね）

ダニロやエンマから話を訊きたいが、ふたりがお腹を満たすまで待ってあげた方がいいだろう。

サンドイッチ、スープ、そしてお菓子と驚くほどの食欲を見せたふたりは、やがて満足したのか手を止めて、しかし残った食事を悲しそうな顔で見つめた。そこには食べ物に対する執着が窺える。

（いったいどんな生活を送ってきたのかしら？）

ダニロやエンマのその様子を、アドリアーナは意地汚いとは思わなかった。それだけつらい思いをしてきたのだろう。

「スープは難しいけれど、残ったサンドイッチとお菓子は包んであげるから持って帰りなさい」

「いいの⁉　……ですか？」

顔を輝かせたエンマがハッと口を押さえて言いなおすところが可愛らしい。

「ええ。……その代わりと言っては何だけど、どうしてわざわざ王家の山に入って来たのかを教えてくれないかしら？　食べるものがない……のよね？」

エンマがダニロへ顔を向けた。

ダニロが強張った顔で膝の上に拳を握る。

「心配しないで。怒ったりしないわ。ただ、事情が知りたいの。コンソーラ町には食べるものがないのかしら？　それとも食べるものを買うお金がないのかしら？　町で食料の配給とかは行われたりしていないのかしら？」

「アドリアーナ様、そんなに一度に質問したら彼らが困ってしまいますよ」

ヴァネッサが苦笑して、ダニロの側に膝をつく。

「食べるものがなくて困って山に入った。そうだね？」

「……はい。山の食料は、代官様も取れないから」

「代官様が取れない？」

どういうことだと口を開いたアドリアーナをヴァネッサが手で制す。ここはヴァネッサに任せた方がうまく子供たちから情報を引き出してくれそうだと、アドリアーナは頷いて口を閉ざした。

「ダニロとエンマは兄妹だったよね。ふたりのお父さんとお母さんは何をしている人？」

「農家。町から近いところに畑があるんだ……です」

「農家なのに、食べるものがないのはどうしてかな？　一定量を税として納めたら、あとの収穫は自分たちで好きにできるはずだよね？　収穫量が少なかった？」

「ううん、違います。今年は麦もたくさん採れたし、リンゴの木もいっぱい実ってます。でも……税金ってやつで、ほとんど全部持ってかれるから……」

（ほとんど全部持って行かれる？）

アドリアーナは詳しく聞きたくてうずうずしてくる。

税金は収穫量に対する割合だ。たとえ収穫が少なかったとしてもその分補填しろとは言われない。

税には国に納める税金と領地に納める税金があるが、ここは王家直轄地なので領主の懐に入る分の税金は計算されない。その分、王家直轄地は「領地運営税」として本来領主に納めるはずの税が領地の運営費として搾取されるが、他領と比べたら低いはずだ。

王家直轄地の代官は城に勤める文官と同じ扱いなので、給料は国庫から支払われる。

「代官様は、食べるものに困るような量の収穫物を税金として持って行ってしまうの？」

「はい」

「それはいつから？」

「今の代官様……ええっと、ルキーノ様が来てからです」

子供の言うことではあるが、嘘を言っているとは思えなかった。

ヴァネッサが「ありがとう」とダニロとエンマに微笑んでから、アドリアーナを振り返って険しい顔をする。

「ヴァネッサ、ありがとう。もういいわ。何となくわかったから」

ここ数年、国へ納める分の税率は変わっていない。王家直轄地に課せられる領地運営税の方に変化があった可能性もあるが、そちらの税率が上がったとしても、領民が生活に苦しむほど搾取されるとは考えにくい。

つまり——代官が余分に税を搾取して私腹を肥やしているとしか考えられなかった。

けれど、ダニロやエンマの証言だけで動くのは時期尚早だろう。裏取りと証拠集めが必要だ。

「ヴァネッサ、この子たちが遅くなるといけないから町の近く……そうね、人目につかないあたりまで馬車で送ってあげてくれないかしら？　残っているサンドイッチとお菓子を包んであげて」

「わかりました」

メイドがサンドイッチとお菓子を包んでダニロに渡すと、ダニロが顔を紅潮させて「ありがとうございます！」と頭を下げた。山に無断で侵入したが、悪い子たちではないのだ。食べるものがなくて追い詰められていただけなのである。

ダニロとエンマをヴァネッサに任せて、アドリアーナは部屋を出るとカルメロを探した。

（付け焼刃でしかないけれど、事実がわかるまで当面の対策が必要だわ）

アドリアーナはカルメロを捕まえて、「王家から」という名目でコンソーラ町で食料配給を行うように頼む。

アドリアーナに割かれた予算は使いきれないほどあるので、カルメロはもちろん否とは言わなかった。

（これも縁だものね。何が起こっているのか調べなきゃ）

場合によっては代官の罷免を国王に奏上しなければならないが、そのためにはそれだけの情報を集めなければならない。

この離宮の使用人は、国王が急いで手配したため、カルメロ以外にも城で働いていた人間が何人もいる。中には元文官や、文官の補佐を行っていた人間もいるので、証拠集めや資料作成に手を貸してもらえるだろう。

（何だか覆面調査官になった気分だわ）

アドリアーナは元文官と文官補佐をしていた使用人をダイニングに集めてもらうようにカルメロに伝えて、自分は父宛に手紙を書くために自室へ向かった。

四　追いかけてきた幼馴染

「ヴァルフレード、いったいどうなっているのかしら？」

廊下を歩いていたヴァルフレードは、母である王妃に呼び止められ、開口一番にそう詰《なじ》られて首をひねった。

「母上、どう、とは？」

母の声色は明らかに不機嫌だ。

アドリアーナとの婚約解消の一件で母をひどく怒らせたばかりのヴァルフレードは警戒して、けれども表情を取り繕う。ここは城の中の王族の居住区域とはいえ廊下である。使用人たちの目もあるので目立ちたくなかった。

（アドリアーナはやたらと使用人人気が高かったからな）

アドリアーナは妃教育を受けていたので、王家の居住区域にも出入りしていた。母との関係も良好だったので、よくお茶会にも招かれていたし、母から直接王妃の心構えなども学んでいたと聞く。

その際に居住区域で働いている使用人にも接していたが、使用人に対しても穏やかで丁寧に対応するアドリアーナは使用人人気が高かったのだ。

それだけではない。

勤勉な彼女は妃教育を担当していた教育係にも気に入られていたし、すれ違えば笑顔で挨拶をするため大臣や文官たちにも人気だった。

というか、この城でアドリアーナを悪く言う人間はほぼいないと言い切れるくらいの好感度の高さだったと言える。

おかげで、アドリアーナに婚約破棄を突きつけたヴァルフレードは一夜にして彼らの中で悪者になって、どこへ行ってもあたりが強かった。

（やり方を間違えたな）

婚約を解消するにしてももっといい方法があっただろう。今更後悔しても遅いが、ヴァルフレードは何故プロムの場であのような宣言をしてしまったのかと悔やんだ。

（クレーリアが、大勢の前で怒られたらアドリアーナでも反省するはずだなんて言ったから、つい真に受けてしまった……）

クレーリアの証言だけで、証拠を集めなかったのも悪い。証拠が出てこなかったのはアドリアーナがうまく証拠隠滅を図ったためだと思うが、ヴァルフレードがうまく立ち回っていたらアドリアーナが隠す前に証拠を集めることだってできただろう。

（くそ、アドリアーナめ……！）

あの女はどこまでヴァルフレードの邪魔をすればいいのだろうかと忌々《いまいま》しく思っていると、

母がこれ見よがしなため息をついた。

「わたくしが言いたいことがわからないのですか？　まったくあなたの教育係は何をしていたのかしら。本当に……、嘆かわしいったらないわ」

ヴァルフレードはムッとした。

「アドリアーナの件でしたら、もう終わったはずです」

「終わってはいません！　むしろ影響を受けるのはこれからですよ！　まったくあなたは、本当に見通しが――でもいいわ、今はそのようなことが言いたいのではありません」

「じゃあ何ですか」

「クレーリアです」

「……クレーリア？」

公の場で宣言したがためにアドリアーナを幽閉せざるを得なかったのと同様に、クレーリアと婚約すると宣言した発言もなかったことにはできなかった。

ヴァルフレードとしては万々歳な結果だが、父や母にはこの上なく遺憾だったらしく、散々嫌みを言われた結果、仕方がないのでクレーリアに妃教育をするしかないという結論へ至った。

男爵令嬢なので実家からの後ろ盾も期待できない分、本人に頑張らせるしかないと、母はさっそく妃教育のカリキュラムを組ませた。それはもう、休む暇もないほどみっちり組まれて、クレーリアが悲鳴をあげていたことを思い出す。

妃教育が完了するまでは絶対に結婚させないと両親から言われたので、ここはクレーリアに頑張ってもらうしかないが、これは俗にいう嫁いびりと言うやつではなかろうかとヴァルフレードは母に対して不信感を抱いていた。

そんな不信感から警戒を強めると、母がじろりと睨みつけてくる。

「妃教育の教育係たちから聞いていないのですか？」

「何をですか？」

ヴァルフレードはわざととぼけて見せた。

教育係から聞いていないのかと言われれば、多少の心当たりはある。

（クレーリアの教育が遅々として進まないというあれだろう？　だが、まだはじめて一週間しか経っていないんだぞ。結果を急ぎすぎなんだ）

ヴァルフレードにクレーリアの教育進度を報告に来る教育係たちは、何かにつけて「アドリアーナ様は」「アドリアーナ様なら」「アドリアーナ様では」と余計な単語をくっつけて文句を言うのである。

十歳の時から妃教育を受けていたアドリアーナと比較されてはクレーリアが可哀そうだ。男爵家ならろくな教育係も付けてこられなかっただろうし、これまでの積み重ねでアドリアーナとは大きな差があるのである。

ヴァルフレードは、だからアドリアーナが妃となるべきだったという結論には至らず、比較してクレーリアを陥れようとする教育係たちに腹を立てていた。

「クレーリアの教育ははじめたばかりです。結果を急ぎすぎですよ」

「結果よりも態度の方が問題です」

「態度？」

「教育を受ける態度があまりに不真面目だという報告が上がっているのですよ」

「それは、教育係たちの方に問題があるからです」

クレーリアはよくやっている。

クレーリアは毎日妃教育を受けるために城へやって来ているが、毎日夕方になると泣きはらした目でヴァルフレードの元を訪ねるのだ。教育が厳しくてつらいと言って泣いているのである。

クレーリアをそこまで追い詰めている教育係こそ非難されるべきで、クレーリアが非難されることではない。

しかし母はあんぐりと口を開けた。

「本気で言っているの？　あなた、今がどういう状況なのか、自分が置かれている立場も含めて本当に理解している？」

「理解していますよ」

それならば父からも口酸っぱく言われていた。

プロムでのヴァルフレードの行動は王太子としては決して褒められたものではない。

アドリアーナとの婚約破棄でブランカ公爵家および、その派閥の後ろ盾を完全に失った。

国内からヴァルフレードの王太子の資質を問う声があがっている。

このままではヴァルフレードを王太子の位に留めておくことは難しくなる。

廃嫡になりたくなければ、これからの行動はよく考えるように。

また、クレーリアを周囲に認めさせるべく、完璧な淑女に教育し、妃教育も完璧に終わらせるように。

他にもまだまだあるが、大体このようなことをうんざりするほど何度も何度も繰り返し言われたのである。

ヴァルフレードが今のところ王太子の位に留まっていられるのは、叔母が嫁いだオリーヴェ公爵家が中立を保っていることが大きい。

もしここがブランカ公爵家側につけば一気に形勢は崩れ、下手をすれば次期王はヴァルフレードを含める父の子たちではなくオリーヴェ公爵家から出すことになるだろう。

オリーヴェ公爵も叔母も国が乱れることをよしとしないし、ジラルド含め三人いる息子たちは王位に興味がないため、今のところ中立でいてくれているだけなのだと父は言った。

本当ならば問題を起こしたヴァルフレードを廃嫡とし、弟のアロルドを王太子にした方が貴族たちを納得させられるとも言われたが、その場合、今後の憂いを除くためにヴァルフレードは国外に出る必要が出てくるらしい。

ヴァルフレードに言わせればすべてアドリアーナのせいなのに、父や母がアドリアーナは被害者だという姿勢を崩さないのが何よりも腹が立った。

「理解しているならクレーリアを何とかしなさい。今のままではあの子をあなたと結婚させられません。何かあれば泣けば許してもらえると思っているあの子では、妃としての仕事ができるとは到底思えないもの」

「クレーリアは心根《こころね》が優しく傷つきやすいんです。妃としての仕事は誰かに代わってもらえばいいじゃないですか」

「誰かっていったい誰のことを言っているのかしら？　クレーリアを側妃にして、誰か別の正妃を娶るの？　それならば別に構いませんよ。わたくしが正妃にふさわしいご令嬢に打診して差しあげます。あなたには任せられないもの」

「クレーリアを側妃になどしません！」

アドリアーナをやっとのことで追いやったのに、また好きでもない女と結婚させられるなどまっぴらだ。

母は、額《ひたい》に手を当ててこれ見よがしなため息をついた。

「だったら、クレーリアを何とかなさい！」

ヴァルフレードは奥歯を噛みしめた。

☆

ルキーノ子爵以外のふたりの代官を招いての夕食会は、予定通り開かれた。

ふたりとも穏やかそうな四十半ばほどの男性で、管理を任されている町や地域も問題なく治めているようだ。

それとなくボニファツィオの領地運営税についても訊ねてみたが、ここ十数年は税率は一定だという。収穫量も安定していて、ふたりが治める地域で飢餓に苦しむ人はいないようだ。貧民層への食糧支援も年に数回行われていると言うが、食べ物に困るほどの貧民はほとんどいないと聞く。

やはり、コンソーラの町がおかしいようだ。

夕食会の日までにいくつか調書が上がったが、コンソーラ町では貧富の差が非常に激しいと報告が上がってきた。

終始穏やかに終わった夕食会から二日後、離宮の書斎で報告書を確認していたアドリアーナのもとに、カルメロが慌てた様子でやって来た。

「どうかしたの？」

「こちらが先ほど早馬で……！」

「あら、オリーヴェ公爵家の封蝋《ふうろう》ね。何て書いてあったの？」

念のため中身を確認するためにすでに封が開けられている。カルメロの慌てぶりを見るに中身は確認済みだろう。

封筒から中身を取り出して目を通したアドリアーナは目を丸くした。

「二日後にジラルドが来るらしいわ」

なるほど、カルメロが慌てたはずである。

ジラルドはアドリアーナにとっては仲のいい幼馴染であるが、彼は国王の甥で上位の王位継承権を持った公爵令息である。王族同等の出迎え準備が必要だ。

「どのくらい滞在するのかはわからないけど、部屋の準備と、あと、当日の夕食のメニューを料理長と話し合ってちょうだい」

ジラルドは穏やかな人なので、出迎えの準備が整っていないからといって怒ったりはしない。けれど、王家に仕えていたカルメロがこのあたりで手を抜くとは思えなかった。

指示を出すと、カルメロが頭を下げて慌ただしく書斎を出ていく。

早馬で届けられた手紙なので、こちらは返信不要だ。出そうと思っても、二日後にこちらに到着すると言うことは、すでに王都を出発した後であろう。

「でも、ジラルドってば急にどうしたのかしら？」

王都のタウンハウスで暮らしていたときのように気軽に行き来できる距離ではない。

わざわざ来るということは、何か問題が発生したのではなかろうかとアドリアーナは顔を曇らせたが、父や兄から何の連絡も入っていないので、その可能性は低いと思いなおす。

（じゃあ、遊びに来ただけかしら？　でもいいのかしらね？　王都では社交シーズンがはじまるころでしょうに）

独身で婚約者もいないジラルドは、独身女性からとても人気が高い。

ジラルドが王都を離れると、がっかりする女性も多いだろう。

（そういえば、そろそろ結婚を考えてもいいはずなのに、ジラルドってば何でまだ婚約者を決めないのかしらね？）

アドリアーナはジラルドからの手紙を見下ろして、「不思議ねえ」と首をひねった。

☆

二日後の昼過ぎ、ジラルドを乗せた馬車が離宮に到着した。

「アドリアーナ！」

玄関で出迎えたアドリアーナのもとに、馬車を降りたジラルドが満面の笑みで歩いてくる。

「急に来るなんて言うからびっくりしたわ」

「ごめんごめん。あ、でもちゃんとお土産もあるよ。はいこれ。グラートから」

「お兄様から？」

「あまり他人に預けたくないというから俺が持って来たんだ」

「そういうことだったのね。ジラルドをお使いにするなんてお兄様ったら何を考えて――」

「ああ違うよ、俺がここに来たのは俺が来たかったからで、グラートの手紙の方がついでだ」

ジラルドはそう言うけれど、東の国境の離宮にジラルドは何の用事があるというのだろうか。

玄関先でいつまでも話し込んでいられないので、ジラルドを案内してサロンへ向かう。

荷物を見るにしばらく滞在する気満々なようだから、お茶を飲んでいる間に使用人が荷物を部屋に運ぶだろう。

兄からの手紙は後から部屋にひとりきりになったときに読めばいい。早馬を使わなかったから急ぎではないはずだ。他人に預けたくないということは中身を他の人間に見られたくないということでもあるだろう。

「ここでの暮らしはどう？」

「一応幽閉ってことになっているからこういう言い方をするのはどうかとも思うけど……快適よ。とっても。王都の方はどう？」

「ああー……うん」

ジラルドが言葉を濁したので、アドリアーナはサロンの隅で待機していたメイドに下がるように伝えた。

サロンの中がふたりきりになると、ジラルドが重たいため息をひとつ吐《つ》く。

「正直、王都は今ごたついてるよ。とはいえ、陛下が殿下を廃嫡にしなかったことと、それから陛下がブランカ公爵家を重用していると示したからか、今のところ表向きはほとんど無風だけど、水面下では勢力図が少しずつ動いてはいるね。下級貴族の中にはミラネージ男爵家についたら甘い汁が吸えると勘違いして男爵家と懇意にしようとしている連中もいるけど……、状況をきちんと判断できる上級貴族はむしろ王家から離れようとする動きの方が大きかったりする」

「おおむね予想通りの動きね。オリーヴェ公爵家の方は？」

「うちには貴族の何人かが王位継承をどうするのかと探りを入れに来たみたいだね。父と兄が対応していたけど、殿下を廃嫡にして兄が王位を継いだらどうかというようなことを回りくどく言われたらしいよ」

「……それも予想通りね」

アドリアーナやジラルドだけでなく、少なくとも国のトップに君臨する上位貴族や王族は、こうなると見通していたはずだ。正しく理解できていなかったのは、騒動を起こしたヴァルフレードだけということになるだろう。

下級貴族の、それも政治とのかかわりが少ない貴族たちが予測できないのは仕方がないが、王太子でありながら予測が立てられていなかったヴァルフレードは愚かとしか言えない。どうしてもプロムの日にアドリアーナを追い落としたかったのなら、未来でどういう動きがあるのかまで見通して対策を取らなければならなかったのだ。

「うちは今のところ中立で行くと父が判断したから、様子見ってところ。兄も王位には興味がないし……まあ、誰もなり手がいなかったら考えるだろうけれど、国王になるための勉強をしているわけじゃないからね。今から慌てて学ぶくらいなら、アロルド殿下の後見についた方がいいと言うのが本音かな。ヴァルフレード殿下が相当な巻き返しを見せない限り、遠くない未来で殿下を廃嫡にすべきだという声はあがるだろう。上級貴族の大半がその動きを見せれば、いかに陛下とて殿下を守り切れないだろうね」

「陛下も大変ね」

「そうだけど、まあ、自分の息子だからね。教育係に任せていたとはいえ、陛下に責任がまったくないとは言えない。何故ならうちもグラートも、学園での動きは連絡を入れていたんだから。学生のすることだから表立って介入できなくとも、殿下に対して余計なことをしないように釘を刺すことくらいできたはずだ」

「たぶん、釘を刺してくださったと思うわよ。……抜けちゃったみたいだけど」

「それじゃあ釘を刺したことにはならないよね」

ジラルドは肩をすくめて、ティーカップに手を伸ばした。

喉を潤してから、小声で続ける。

「王都はこれからまだ荒れると思うよ。特に、殿下はクレーリア・ミラネージを正式な婚約者にして王太子妃にしようとしている。下級貴族はともかく、上級貴族や城の人間は猛反対しているらしい。このまま対策も取らずに強行しようものなら、いつ殿下が島流しにあってもおかしくない」

「島流しなんて大袈裟《おおげさ》な……」

「そうとも言えないよ。これだけ大混乱を巻き起こしたんだ、国に留まられるよりは隣国に婿に出した方がいい」

「……そうね」

ジラルドの言い分はもっともだった。

もしこのままヴァルフレードが巻き返せなければ、他国へ飛ばされる線が濃厚だろう。かといって、ヴァルフレードがここから巻き返せるとはとてもではないが思えなかった。もし本気で巻き返しにかかるのならば、少なくともクレーリアとの縁談は白紙にした方がいい。けれどもクレーリアを王太子妃にするつもりでいるのならば、ここから先はいばらの道どころではない。

「とまあ、王都は今こんな感じだよ。面白くない話はこのくらいにして、これからの相談をさせてくれないか」

「これからの相談って？」

他に何か相談があるのだろうかと首をひねっていると、ジラルドが茶目っ気たっぷりに片目をつむった。

「父上と母上からは許可を得た。だから俺も、ここに住まわせてくれないかな」

アドリアーナはぱちぱちと目をしばたたく。

そしてたっぷり沈黙した後で、思わず立ち上がって叫んだ。

「ええ――――!?」

五　元婚約者からの手紙

ジラルドが持って来た兄グラートの手紙は、頼んでいたルキーノ子爵に関する調書だった。

王家直轄地の代官を務めているので元文官であることは予想通りだ。

文官として城で働いていたときの勤務態度もおおむね良好。妻と息子がひとりいるが、ふたりは一年の大半をタウンハウスで過ごしていて、ボニファツィオにはあまり来ないようだ。

それ以外で気になることと言えば、息子の方がやたらとリジェーリ伯爵家に出向いているという情報だった。最初はリジェーリ伯爵家の娘とルキーノ子爵の息子の間で縁談でもあるのかと思ったが、そういうわけでもないらしい。

(リジェーリ伯爵って言ったら人事院の長官よね)

人事院とは国王や宰相、各省庁の意見をもとに人事評価をし、異動を決める部署である。

ルキーノ子爵の息子がリジェーリ伯爵と懇意にしているのか、それともルキーノ子爵家とリジェーリ伯爵家に何らかのつながりがあるのか……。

誰が誰と仲良くしていようと個人の自由だが、今はルキーノ子爵に関するありとあらゆる情報がほしい。

ルキーノ子爵の息子と妻の動向は引き続きグラートが調べてくれるそうなので、新しい情報を掴めばまた連絡を入れてくれるはずだ。

アドリアーナはライティングデスクの、鍵のかかる引き出しに手紙を入れると、ふと自室の窓の外に視線を向けた。

見下ろした先の庭では、ジラルドが騎士と話しながら庭を歩いているのが見える。

「お嬢様、お菓子をご用意しましたよ」

「ええ、ありがとう」

デリアがお茶とお菓子をローテーブルの上に準備してくれたので、アドリアーナは席を立ってソファへ向かった。

「それにしても、ジラルドがここに滞在するなんて、びっくりしたわ」

本日の昼過ぎに到着したジラルドは、そのままここに滞在すると言い出した。

彼の両親からの許可も出ていると言われれば、アドリアーナに反対することはできない。この離宮はアドリアーナのものではなく、彼女はあくまで「幽閉」されている身なので、国王の甥が滞在することを止める権利はないのだ。

ジラルドってば何を考えているのかしら……とこぼせば、デリアがくすくすと笑いだした。

「ジラルド様はお嬢様のことが心配で心配で仕方がないんですよ」

「心配って、わたしは小さな子供じゃないのよ」

「ジラルド様の心配には、子供大人は関係ないですよ」

（つまりわたしはそんなに危なっかしいと思われているってこと？）

アドリアーナは妃教育も頑張ったし、これでもそれなりにしっかりしている方だと思っていたのだが、ジラルドから見れば違うのだろうか。

「お嬢様だって、ジラルド様が来てくれて嬉しいでしょう？」

「それは、まあ……」

使用人たちがいるとはいえ、離宮には家族がいない。

ここに来て二週間ほど経って、ちょっと寂しいなと思いはじめていたところだったから、気心の知れているジラルドが来てくれて嬉しいのは本当だ。

「でも、幽閉されている王太子の元婚約者の離宮に滞在って……ジラルドに変な噂が立ったりしたら大変でしょう？」

ジラルドが困ったことにならないだろうかと、アドリアーナは心配なのだ。

「そのあたりのことも承知でいらっしゃっているのだと思いますよ」

「不名誉な噂が立ってもいいってこと？」

「噂が不名誉か不名誉でないかを決めるのはジラルド様ですからね」

デリアの言いたいことがよくわからない。

アドリアーナが怪訝そうな顔をしていると、デリアがちょっぴりあきれ顔になった。

「ずっと王太子殿下の婚約者でいらっしゃったので仕方がないとは思いますが……、お嬢様はこの手のことに鈍感すぎると思います」

「どういうこと?」

「これ以上はわたくしの口からは申せませんが、ジラルド様はすべてをわかった上で滞在を決められたので、お嬢様が心配なさる必要はないと思いますよ」

デリアはそう言うが、ジラルドは大切な幼馴染だ。アドリアーナのせいで彼の名誉が傷つくのは嫌なのである。

「それはそうと、今夜はジラルド様の歓迎の晩餐《ばんさん》です。ティータイムを終えたら準備をいたしませんと!」

(つまり、着飾れってことね……)

離宮に来てからは着飾る機会が少なく、アドリアーナに着飾らせるのが大好きなデリアは日々不満を募らせていた。

アドリアーナが離宮に来て着飾ったのは、先日のふたりの代官を招いての夕食会のただ一回のみで、デリアは次にいつ機会が巡ってくるかとうずうずしていたので、「ジラルドだから……」と言って着飾るのを断ると後が怖い。

(仕方ない。今日はデリアのお人形に徹しましょうか……)

うきうきとクローゼットを開けてドレスをチェックしはじめたデリアに、アドリアーナは苦笑をこぼした。

「今夜は一段と綺麗だね、アドリアーナ」

晩餐の前にも数回会ったというのに、ダイニングに下りたアドリアーナに向かってジラルドがそんなお世辞を言ってきた。

「さっきも見たじゃないの」

ジラルドの対面の席に腰を下ろして肩をすくめて見せると、ジラルドは「さっきは髪を結っていなかったし化粧もしていなかった」と言う。

まあ確かに、どこのパーティーに行くんだと言わんばかりの華やかな髪形に化粧を見れば、驚くのは仕方がないかもしれない。

デリアは満足そうだが、ただ夕食を取るためだけにここまで着飾る必要があっただろうか。

ジラルドと穏やかな晩餐を終えると、ジラルドがせっかく着飾ったのだからと言って庭に誘ってくれた。

ジラルドのエスコートで庭をゆっくり歩いて四阿《あずまや》へ向かう。

「ねえ、ジラルド。やっぱりここには長居をせずに帰った方がいいんじゃないかしら？　口さがない人も出てくると思うのよ」

四阿に隣り合って座って、アドリアーナが彼の横顔を見上げながら言ったのだが、ジラルドは首を横に振った。

「言いたいやつには言わせておけばいいよ」

「でも……」

「俺は君を守りたいんだ」

（……え？）

ジラルドの、びっくりするくらい真剣なエメラルド色の瞳に、アドリアーナは思わず息を呑む。

秋も半ばのひんやりと冷たい夜の風が、四阿の丸柱の間を通り過ぎていった。

「王都よりこっちの方が冷えるね」

ジラルドがジャケットを脱いでアドリアーナの肩にかけてくれる。

けれども、アドリアーナはそれに「ありがとう」と返すこともできなかった。

（守りたいって、どういうこと？）

これまでだって、ジラルドはアドリアーナのために動いてくれた。アドリアーナを守ってきてくれたと言っても過言ではない。

だが、さっきの「守りたい」は、今までのそれと何かが違う気がしたのだ。

肩にかけられたジャケットに残ったジラルドの体温と残り香が、アドリアーナの体温を上昇させていく。

ざわざわと心臓がざわめくのは、ここから先の彼の言葉を、聞きたいからなのか、聞きたくないからなのか、よくわからなかった。

何だか落ち着かなくて、不安で、逃げ出したくなるような、それでいて離れたくないような、変な感じなのだ。

ジラルドが長い指を伸ばして、アドリアーナの頬《ほほ》にかかる髪の毛を払う。さっきの風で少し髪が乱れたのだろう。

手袋をつけていないジラルドの指の温かさに、アドリアーナの頬に熱がたまった。

「アドリアーナ、ずっと言いたかったんだ。でも君は殿下の婚約者だから……言えなかった」

ジラルドが膝の上のアドリアーナの手に手のひらを重ねる。

「君がこの離宮から出たら、俺と結婚しないか？」

アドリアーナは大きく目を見開いた。

「な……にを言っているの？」

アドリアーナは名目上幽閉されている身だ。離宮にいる間は結婚できない。アドリアーナの生活を保障してくれた国王でも、さすがに結婚までは認めないはずだ。

結婚できるのは離宮から出た後のことになるだろうが、アドリアーナが離宮から出られるのは、何年先のことになるかわからない。

「いつになるのかわからないのよ？」

からからに乾いた喉で声を絞り出すと、何故かジラルドが笑った。

「よかった」

「何がよかったのよ」

「だって、その言い方だったら、俺との結婚が嫌なわけじゃないだろう？」

（あ……）

アドリアーナはハッとした。

ジラルドを待たせてしまうことへの心配は感じたが、彼との結婚が嫌だから断ろうとはこれっぽっちも思わなかったことに気づいたからだ。

どう返すべきかと視線を彷徨わせていると、ジラルドがアドリアーナの手を持ち上げて、指を絡めたり握ったりして遊びながら続ける。

「心配しなくても、周囲には話を通してあるよ。俺は殿下と違ってちゃんと許可を得てから来たからまったく問題ないよ。うちの両親も、君のところの両親も、国王夫妻だって了承している」

本当はすぐに追いかけてきたかったのだけれど、全員の許可を得るのに思ったより時間がかかったとジラルドが言う。

（時間がかかったって言うけど、まだ二週間しか経っていないのよ？）

どう考えても、アドリアーナが旅立ったその日に動きはじめたとしか思えない。そしてよくこの短時間で国王夫妻の了承まで取りつけたと驚くばかりだ。

（ということは、ジラルドの離宮の滞在はお父様たちも陛下たちもオッケーを出したってこと？）

それならばせめてこういう話があるよと誰か知らせてくれてもいいのに。

知らせる時間がなかったのか、ジラルドが自分の口で言いたいからと言って周囲を黙らせたかのどちらかだろうけれど、あまりにも心臓に悪い。

アドリアーナはじろりとジラルドを睨みつけた。

「わたしがここから一生出られなかったらどうするつもり？」

国王は落ち着いたころにアドリアーナを離宮から出すつもりでいるけれど、状況が変わることだっていくらでもある。例えば国王が病か事故かで早世して治世がヴァルフレードへ移ったらどうだろう。彼がアドリアーナの幽閉処分を解くとは思えないではないか。

「それはないよ。王家がもしそんなことを言い出せば、ブランカ公爵家もうちも黙っていない。というより、俺と君が婚約すれば、うちも表立って君の処遇に口を挟めるようになる。きっと予定よりも早く出られるよ」

「そんなにうまくいくかしら？」

「うまく事を運ぶ方法なんていくらでもあるから」

（つまり場合によっては圧力もかけるってことね）

ブランカ公爵家とオリーヴェ公爵家から圧力がかかれば王家はひとたまりもないだろう。この二家が手を取り合えば、おそらく国内の貴族の大半は掌握できる。

というか、すでにその可能性まで示唆して国王を脅していそうな気もした。穏やかで優しいジラルドも、父や兄と同じでいざと言うときは容赦しないから。

（ついでにわたしが躊躇《ちゅうちょ》しそうな問題は全部潰してきたってことね）

発生しそうな問題は用意周到に潰してきて、アドリアーナの気持ちひとつで答えを出せるようにしてきている。

「それで、どうかな？　俺じゃあ不満？」

不安そうな顔でジラルドが訊ねる。

さっき「よかった」と言って笑ったくせに、何が不安なのだろうかとアドリアーナはおかしくなった。

驚いたけれど、考えなくてもわかる。

この国の貴族男性で、アドリアーナが一番信頼しているのはジラルドだ。

「……どのくらい待たせるか、わからないわよ？」

アドリアーナがおどけて肩をすくめて見せると、ジラルドが満面の笑みを浮かべてアドリアーナを引き寄せる。

ジラルドのびっくりするほど速い鼓動を聞きながら、アドリアーナは彼の背中に腕を回して微笑んだ。

☆

「ここがそんなことになっていたとはね」

ジラルドが離宮に来て翌日。

朝食を終えて、アドリアーナはジラルドを書斎に呼ぶと、コンソーラ町の住人の様子と、ルキーノ子爵が不正に税を徴収して私腹を肥やしている可能性を告げた。

当初はこの件にジラルドを巻き込むつもりはなかったのだが、昨日の夜に婚約者の立場に変わったのだから教えておくべきだと思ったのだ。

それに、ジラルドがここに滞在するのならば、アドリアーナが黙っている意味もあまりないだろう。彼のことだ、アドリアーナの行動や周囲の様子からすぐに状況を把握しそうだ。

アドリアーナと並び合ってソファに座り、離宮の使用人に集めさせたコンソーラ町の報告書を読みながら、ジラルドは顎に手を当てる。

「殿下は知っているのかな」

「殿下って、ヴァルフレード殿下？」

「うん。最近決まったことだからアドリアーナは知らないかもしれないけど、王家直轄地の一部が殿下の管轄下に置かれたんだ。ここもそのうちのひとつだよ。と言っても、名前だけで実際に管理なんてしないだろうけどね」

なるほど、学園を卒業したので、ヴァルフレードにも本格的に王族の仕事が割り振られたというわけか。

将来、カルローニ国を背負うことになるヴァルフレードへ与えられる仕事としては、王家直轄地の管理は妥当なところだろう。ほんのいくつかの王家直轄地を管理できなくて国を背負えるはずもないので、訓練としてもちょうどいいはずだ。

「ってことは、今調べていることは殿下に報告した方がいいのかしら?」

気が進まないなと思いながらジラルドに訊ねると、彼は首を横に振った。

「いや、今はまだやめておいた方がいいだろう。君が何か言いだすと、殿下のことだから曲解して受け取るかもしれないからね。証拠を全部押さえた後で、陛下経由で殿下に落とし込んでもらうのが一番いいと思う」

「それもそうね」

ヴァルフレードはプロムでの一件でアドリアーナを恨んでいる可能性が高い。

邪魔な婚約者を断罪してやったと有頂天になったら全然違って、むしろ自分が窮地に立たされた。彼のことだ、すべてアドリアーナの陰謀だと思っていても不思議ではなかった。

「証言は充分取れているから、あとは証拠が欲しいね」

「そうね。町民の証言だけで彼の邸《やしき》に調査官を向かわせるのは難しいもの」

「王家直轄地の代官がきちんと仕事をしているか、年に一度か二度、調査官が向かうはずだけど、彼らは不正に気づいていなかったのかな」

「そうね……あ！」

　アドリアーナはハッと顔を上げた。

「そうよ、だからなんだわ！　どうして気がつかなかったのかしら！　ちょっと待ってて！」

　アドリアーナはソファから立ち上がると、急いで自室へ向かった。そしてライティングデスクの鍵付きの引き出しからグラートの手紙を出すと、それを持って書斎に戻る。

「お兄様の手紙に、ルキーノ子爵の息子がリジェーリ伯爵家に出入りしているって書いてあったの。リジェーリ伯爵って人事院の長官でしょう？　この件にかかわりがないかしら？」

「なるほど、人事院の調査官が買収されていたら不正報告が上がらないのも頷ける」

「お兄様に頼んで詳しく調べてもらうわ！」

　思った以上に大事になりはじめたのは否めないが、人事院にまで不正があるのならば、逆にこのタイミングで一緒に気づけたのはよかったと言うべきだろう。

「待って、グラートへの手紙は俺が書くよ。どちらにしても、君が求婚を受け入れてくれた報告はしようと思っていたから、それに紛れさせよう。アドリアーナは立場上幽閉ってことになっているからね、ここの管理責任者が殿下に移った今、殿下からの横やりで手紙が検閲される可能性もゼロじゃない」

「その可能性は考えていなかったわ……」

なるほど、ヴァルフレードがここボニファツィオの管理責任者になったということは、そういう弊害も発生するのか。

国王夫妻はアドリアーナを罪人だとは思っていないが、ヴァルフレードの中では依然としてアドリアーナは罪人だろう。そしてヴァルフレードはまだアドリアーナを追い落としたくて仕方がないはずだ。アドリアーナを陥れるための理由探しとして手紙を調べる可能性は充分にある。

（これは、ジラルドがいて助かったわね……）

国王も宰相も、また面倒くさいのを管理責任者においてくれたものだ。

ヴァルフレードがここの管理責任者であれば、数年後アドリアーナの幽閉処分を解いたときに、彼の恩情だと貴族たちには映るはずだ。そうすることで、ブランカ公爵家と王家の間のわだかまりはないと示したかったのかもしれないが、そのせいでアドリアーナは非常に動きにくくなってしまった。

まあでも、国王を責めても仕方がない。何故なら国王はこの地で不正が発生しているとは露とも思っていないはずだからだ。

「俺がいてよかっただろう?」

まるでアドリアーナの心を読んだようにジラルドが言って、悪戯《いたずら》っぽく笑った。

「本当にね」

アドリアーナもくすくすと笑う。

互いに顔を見合わせて笑い合っていると、コンコンと書斎の扉を叩く音がした。

返事をするとカルメロが入ってくる。

「アドリアーナ様、急ぎのお手紙が届きました。……その、王家から」

「王家から？」

王家から急ぎの手紙とはいったい何事だと、アドリアーナはカルメロから慌てて手紙を受け取った。本人以外開封厳禁の印が押されているので、カルメロも封を切って中を確かめてはいないようだ。

カルメロが下がると、アドリアーナは封蝋に押された印を確かめて怪訝そうにした。

「殿下からだわ」

「何だって？」

ジラルドも怪訝そうな顔になって封蝋を確かめるように覗き込む。

「殿下からの急ぎの手紙って何なんだ？」

「……さあ？」

正直言って読みたくなかったが、急ぎだと言うのだから封を切らないわけにはいかない。

アドリアーナは仕方なくペーパーナイフで封を切って、たった一枚だけ入っていた便箋を開いて中を確かめ――あんぐりと口を開いた。

「何が書いてあった？」

「ええっと……」

驚きすぎて、それ以上の言葉を紡げない。

説明する代わりにジラルドに手紙を差し出せば、それを読んだ彼がひゅっと息を呑んで、それから叫んだ。

「何を考えているんだ殿下は‼」

その叫びは、アドリアーナの心情そのものだった。

（本当に、何を考えているのよ……）

――君の罪を取り消してやるから側妃になれ。

要約すると、ヴァルフレードからの手紙にはそのようなことが書かれていた。

六　厚顔無恥な元婚約者

「ねえ、本当にいいのかしら？」

「いいんだよ。だって、出歩くのは禁止されていないだろう？」

使用人のお仕着せを着たアドリアーナは、同じく使用人服を着たジラルドとともにコンソーラ町を訪れていた。

今日はコンソーラ町で炊き出しを行う日である。

ダニロとエンマの話を聞いてからコンソーラ町で配給も行ったが、今日は炊き出しを行うことにしたのだ。

前回は離宮の食糧庫にある備蓄を配ったが、さすがに町民全員が長期間食べられるだけの量を配るほど備蓄がなかった。カルメロに買いつけも頼んでおいたが、すぐに大量の食糧は用意できないので、それならばこまめに配給や炊き出しを行おうということになったのだ。

こまめに配給や炊き出しを行うのは人員が駆り出されるので使用人たちが大変だが、町や町人の様子を調べられるというメリットもある。

ルキーノ子爵の不正を追いかけているアドリアーナにとっては、頻繁に町の様子を確認できるのはありがたい。

（でもまさか、こうなるとはね）

アドリアーナは使用人のお仕着せを見下ろして苦笑する。

事の発端は、ジラルドの前で「わたしも直接町の様子を見てみたいわ」とアドリアーナがこぼしたことだった。

ならば直接見に行けばいいじゃないかとジラルドが言い出し、使用人に紛れれば目立たないだろうと、あれよあれよと炊き出しに交ざる計画が決まったのだ。

（禁止されていないけど、あんまり離宮の外に出てほしくないとは言われていたんだけどね……）

アドリアーナが自由にしていることが世間に知られれば、王家の面子《メンツ》が立たないだろう。できるだけ目立たないように、目立つ金髪はおさげにして頭巾をかぶったけれど、これだけで本当に大丈夫だろうか。

「アドリアーナはお仕着せ姿でも可愛いね」

盛大なリップサービスをくれるジラルドに苦笑して、アドリアーナは腹をくくるしかないかと彼とともに炊き出しの手伝いに加わる。

町の南門の近くで炊き出しの準備をしていると、何やらいかめしい顔つきをした役人っぽい男たちが数人近づいてきた。

ジラルドがそれとなくアドリアーナを守るように回り込む。

「あれは？」

今日はカルメロも一緒なので、小声で彼に訊ねると、彼は忌々しそうに答えた。

「この町の役人ですよ。数日前に炊き出しを行ったときにも来ました」

「何をしに？」

「監視ではないですかね。前回は炊き出しが終わるまであのあたりに立っていましたから。ほら、今回も同じみたいですよ」

カルメロの言う通り、男たちはじろじろとこちらの様子を確かめた後で、少し離れた場所に移動して、視線をこちらへ固定したまま動かなくなった。

（居心地が悪いわね……）

監視だけで何も言ってこないのは、炊き出しを行っているのが王家の離宮の人間だと知っているからだろう。文句を言われないだけましだとは思うけれど、じろじろ見られるのは落ち着かない。

「追い払おうか？」

ジラルドが小声で耳打ちしてきた。

「ううん。何も言ってこないうちは放っておきましょ。下手に追い払って苦情が来たら面倒くさいわ」

役人を追い払えば、それを理由に苦情が来ることは容易に想像できた。こちらに直接苦情を入れる分にはまだいいが、この地の管理責任者であるヴァルフレードへ持って行かれると話が大事になるかもしれない。

ルキーノ子爵の近辺を調べている今、余計な問題は起こしたくなかった。

「さてと、わたしは野菜を切るのを手伝うから、ジラルドはあっちで鍋の準備を手伝ってあげてくれない？」

炊き出しに使う鍋は男性でもひとりで持てないくらい重たい。

水も何も入れていないままでもかなりの重量があるが、その巨大な鍋に水を張らなければならないのだ。

「あの鍋はポトフ用だっけ？　あっちの大きな鉄板の準備はいいの？　あっちの方が重そうだけど」

「あの鉄板ではお肉とか野菜を焼くんだけど、ポトフの方が時間がかかるから」

「なるほどね」

わかったよ、と手を振ってジラルドが男性の使用人たちに交ざった。

アドリアーナはメイドたちと一緒に野菜の皮をむく作業を手伝う。

料理人を連れてきているので、味つけは彼らに任せればいいが、量が多いので彼らだけでは下ごしらえが追いつかないのだ。

（わたしは器用な方じゃないけど、さすがに皮むきくらいはできるもの）

前世でも家事は苦手な方だったが、母に料理の基本程度なら教わっていた。前世の母のようにレシピも見ずに料理を作れるような達人ではないが、それほど難しくないものならレシピさえあれば作れるくらいには料理ができる。

最初は公爵令嬢に包丁を持たせて危なくないのか、とハラハラした目を向けられていたが、しばらくすると大丈夫だと判断されたようだった。

「小さな子供も食べるから、香辛料はできるだけ控えめに、子供でも食べやすい味にしてあげてほしいの」

カットした野菜を料理人に渡しつつ頼むと、彼はにこりと微笑んでくれる。

「そうですね。コショウは控えめにして、優しい味つけにしましょう。苦手な子が多そうな匂いの強い野菜もあまり入れない方がいいですね」

臭み消しに使うセロリなどを苦手とする子も多い。

せっかく炊き出しをするのだ、美味しく食べてもらいたいと、料理人が子供も大人も楽しめる味つけにすると約束してくれた。

ポトフの準備が終わると、あとは料理人にバトンタッチして、アドリアーナは鉄板の準備をはじめた使用人たちに交ざった。

「薪は足りそう？」

「ええ、たくさん持ってきていますから大丈夫ですよ」

「そう、よかった」

「アドリアーナ、鉄板を起こすから少し離れて。危ないからね」

ジラルドに言われてアドリアーナが後ろに下がると、ジラルドと数人の使用人たちが「せーの！」と掛け声をあげて鉄板を持ち上げる。

薄い板に見えても鉄の塊だ。前世のように軽量タイプなんてない。

（バーベキュー用の網とかがあればいいんだろうけど、この世界にそんなものはないからね）

なければ作ればいいかもしれないが、作ったところで需要があるかはわからないので、このためだけにお金をかけてバーベキュー用の網を特注するのも気が引ける。

鉄板をセットすると、肉や野菜がこびりつかないように表面に油を引いた。

（こういうので作る焼きそばって美味しいのよねー。この世界に焼きそば、ないけどさ）

焼きそば代わりにパスタを持ってきたらよかったかもしれない。次は試してみよう。

鉄板の下の薪に火を入れて、カットした野菜や肉を焼きはじめる。

ジュージューッと美味しそうな音がして、いい匂いがただよってきた。

匂いが広がったからだろう、炊き出しをはじめると、五分もしないうちに行列ができるほどたくさんの町民が集まってくる。

その場で立って食べるもの、鍋や皿を持ってきて家に持って帰るものなど様々だが、集まってくる人たちの着ている服はダニロやエンマのように継ぎはぎだらけで、ほとんどの人がびっくりするほど痩せ細っていた。

少し離れたところに立ってこちらを監視している役人はピカピカのブーツを履き、肌艶がいいのに対して、町民たちの様子はあまりにひどい。

報告では貧富の差が極端に激しくなっているとあったが、弱者からむしり取れるだけむしり取って、上にいる人間が贅沢な暮らしをしているのは間違いなさそうだ。

「これでもましになった方なんですよ」

カルメロがささやいた。

「アドリアーナ様のご指示で配給へ向かった日は、門の外には何十人もの人間が死んだように横たわっていましたからね」

「少し離れた川の近くに仮設住居を用意したって言うあれね」

町の入り口にいた人たちは、税が払えず住む家を追われたのだと報告書にあった。

彼らは住む家も食べるものもないのに、税が払えなければ町の中にも入れてもらえないとかで、門の外で過ごすしかなかったのだそうだ。

カルメロが急ぎ仮設住宅を用意させて、今はそちらに移ってもらったと報告を受けている。

仮設住居と言っても、雨露をしのげるようにしただけの天幕のようなものだが、涙を流して感謝されたのだそうだ。仮設住居の近くには簡単な調理場も作られて、離宮から届けられる食料を使って調理したりしながら過ごしていると聞く。もちろんそちらでも、定期的に炊き出しを行っている。

（早く何とかしないと。冬が来たら、さすがに天幕の生活じゃあね……）

秋も深まってきてすでに朝晩はとても冷える。

離宮から使っていなかった布団やカーテンなど、とにかく移動できるものは移動させたというけれど、それだけでは充分な暖はとれないだろう。

かといって、苦しい思いをしている町民たちを全員離宮へ連れてくるわけにもいかない。大広間なども開放すれば全員を入れることは可能だろうが、そんなことをすればルキーノ子爵が騒ぎ出すのは目に見えていた。

今はまだ、我慢のときだ。

冬が到来したらルキーノ子爵が騒ぎ出すことを覚悟で彼らを離宮へ入れる計画もあるにはあるが、カルメロからは雪が降りはじめるまでは待つべきだと言われていた。こちらが反撃できるだけの材料を揃えていない状況でルキーノ子爵に騒がれては動きにくくなってしまう、と。

アドリアーナがそっと息を吐き出したとき、遠くから「あ！」と子供の叫び声が聞こえてきた。

顔を上げると、炊き出しの順番待ちをしている行列の真ん中あたりにダニロとエンマ、それから母親だろうか、三十歳ほどの痩せた女性の姿があった。

（しー。内緒にしてね）

アドリアーナが唇に人差し指を当てると、エンマが小さな両手を口に当てる。その様子が可愛くてアドリアーナが笑うと、母親だろう女性がぺこぺこと何度も会釈をした。

「あの子は？」

「前に話した、わたしが今の状況を知るきっかけになった子たちよ」

「なるほど。あの子たちか」

ダニロもエンマも、前よりは顔色もよさそうだ。配給や炊き出しの効果は多少なりともあるようで、アドリアーナはよかったと安堵する。

ダニロとエンマが王家の山に侵入しなければ、アドリアーナがコンソーラ町の様子に気づくこともなかっただろう。彼らはある意味、この町のヒーローだ。

順番を待つ人たちにパンを配って回っていたヴァネッサも、ダニロとエンマに気がついて声をかけている。ヴァネッサは何だかんだとふたりのことを気にかけていたようなので、ふたりが元気そうで嬉しそうだ。

ヴァネッサから配られたパンにその場でかぶりついているダニロとエンマを見ながら、アドリアーナはできるだけ早く彼らが笑って暮らせる環境を整えてあげたいと思った。

☆

急いでルキーノ子爵を更迭《こうてつ》しなければと思うものの、それに見合うだけの証拠が集まらずやきもきして過ごしていたアドリアーナのもとにその一報が届けられたのは、ジラルドとともに昼食後の散歩に出ていたときのことだった。

散歩と言っても離宮の庭を歩いていただけなのだが、庭はとても広いので、気分転換に歩くにはちょうどいい。

ジラルドと手を繋いで庭をぐるりと一周し、四阿に座って休憩を取っていたとき、デリアがちょっと険しい顔でこちらに歩いてくるのが見えた。

「大変です、お嬢様！」

ずんずんと大股で歩いてきたデリアが、硬い声で言う。

「殿下がこちらへ向かっていると連絡が入りました。あと二時間もすれば到着するそうです」

「え？」

アドリアーナは目を丸くした。

アドリアーナの隣に座っているジラルドも驚愕している。

「殿下って、ヴァルフレード殿下であってる、よね」

「殿下」という呼称で呼ばれる人間は他にもいるが、ここへ向かってきているのならばヴァルフレードである可能性が極めて高い。何故なら彼の弟のアロルドがここに来る理由がないからだ。

デリアが頷くと、アドリアーナはジラルドと顔を見合わせた。

「いったい何の用事なのかしら？　まさかルキーノ子爵のことを嗅ぎまわっているのに気づかれたとか？」

「そうだとしても、わざわざ殿下本人が訪ねてくることはないだろう」

ジラルドの言う通り、こちらの動きに気づかれたか、もしくはルキーノ子爵から何らかの連絡が入ったとしても、ヴァルフレードが自ら動くのは妙だった。彼のことだ、誰か使いを送りつけて終わるはずである。そうなると、残る可能性はひとつ――

「わたしが側妃になるのを断ったから、怒り狂って、とか？」

「それが一番ありそうだな」

（面倒くさ！）

アドリアーナは舌打ちしたくなった。

しかし、いくら歓迎しない相手だろうとヴァルフレードは王太子だ。こちらの出迎え態勢が整っていなければ何を言われるかわかったものではない。

「ジラルド……」

「カルメロがうまく対処するだろうが、出迎え準備は俺が確認しておくよ。アドリアーナは急いで支度を」

「ええ、ありがとう」

ヴァルフレードを出迎えるのであれば普段着のままではいられない。

アドリアーナはデリアとともに急いで自室へ向かって、身支度を整える。

（まったく、人騒がせにもほどがあるわ！　伺いくらい立てなさいよね！）

そんな伺いを立てたら断られるとわかっているから勝手にやって来たのだと思われるが、迷惑にもほどがある。せめて一日前までには連絡を入れてほしかった。

「お嬢様にお化粧をするのは好きですが、それが王太子殿下のためだと思うと、ちっとも楽しくないですね」

今ヴァルフレードがいないのをいいことに、デリアがぶつぶつと文句を言った。

「殿下はいったいどれだけお嬢様を煩わせれば気がすむのでしょう！」

「本人はそれが悪いとは思っていないのよ」

そんなことに罪悪感を抱くような人なら、アドリアーナともう少し良好な関係を築けたはずなのだ。

（それにしても、わざわざ出向いてくるなんて……、どうやら、あちらの様子は思った以上に深刻なようね）

しかしだからと言って、ヴァルフレードの手紙にあったように彼の側妃になってやるつもりなどこれっぽっちもないのだが。

（まったく、憂鬱だわ……）

二時間後にやって来たヴァルフレードは、相変わらず偉そうだった。

鮮やかな金髪に、ジラルドとよく似た緑色の目。この目を見ると、そういえばジラルドとこの男は従兄弟同士だったなとしみじみと感じ入る。遺伝子と個人の性格には何の因果関係もないのだと、妙な感慨を覚えるのだ。

ジラルドも同席しようかと言ってきたが、ひとまずはひとりで話を聞くことにして、アドリアーナはヴァルフレードをサロンへ案内した。

デリアがサロンの中に控えて、カルメロがお茶を運んで来た。

「久しぶりだな。元気そうで何よりだ」

（……これは、嫌みなのかしら？）

お茶が用意される間、妙に機嫌よさげに話しかけてきたヴァルフレードに、アドリアーナはイラっとする。

ヴァルフレードのせいで表向き幽閉処分となりここでの暮らしを余儀なくされているアドリアーナに向かって、「元気そうで何よりだ」？　おそらくヴァルフレードに嫌みを言ったつもりはなく、純粋にそう思っての発言だろうが、もう少し考えてものを言ってほしい。

「殿下もお元気そうですね」

アドリアーナは嫌みを込めて言い返してやったのだが、ヴァルフレードには通じなかった。

「そうでもない。いろいろ忙しくてね」

忙しくなったのは自分の責任だろうに、まるで他人事《ひとごと》のように言う神経が信じられなかった。

「それで、今日は何の御用で？」

ヴァルフレードと長時間話したくなくて、お茶の用意が終わったと同時にアドリアーナは訊ねた。さっさと用事を聞き出して断って追い返したい。

ヴァルフレードはうむ、と頷いて、姿勢を正し――こう宣《のたま》った。

「君の罪は取り消す。だから戻ってきてくれ。カルローニ国には……いや、私には、君の支えが必要なんだ」

予想はしていたことだが、悪びれた様子もなく発せられたヴァルフレードの言葉に、アドリアーナは唖然《あぜん》としてしまった。

側妃になれと言われるとは思っていたけれど、その前に何かしらの謝罪などがあってしかるべきだと思っていたのだが、ヴァルフレードの辞書には謝罪という言葉は存在しないらしい。

まるで罪を取り消してやるからそのくらいして当然だろうと言わんばかりの態度である。

（罪って、冤罪《えんざい》だってわかってるのかしら？）

国王が冤罪だと認め、けれども王家の面子のために当面幽閉されていることにしてくれと頭まで下げた事実を、この男はまるでわかっていない。

あきれ返ってアドリアーナが何も言えないのをいいことに、ヴァルフレードは滔々《とうとう》とアドリアーナが必要な理由を語りはじめた。

「この国で妃教育が完了しているのはアドリアーナだけだ。クレーリアはもう十七歳だろう？　今から学ぶには量が膨大すぎて大変なんだ。すでに学び終えた人間がいるのならば、クレーリアの代わりを務めればいい。妃教育にかかった金はすべて税金なのだから、その分働いて返すのは当然のことだ。罪人である君を側妃として遇するのだから、君としても余りある光栄だろう？」

「…………」

視界の端で、デリアが拳を握りしめたのが見える。

さすがに王太子相手に殴り掛かりはしないだろうが、すでに表情が取り繕えなくなっていた。だが、アドリアーナにはデリアをとがめるつもりは毛頭ない。アドリアーナだって、沸々とした怒りを抑え込むだけで精一杯だからだ。

「このことは陛下も王妃様もご承知なのですか？」

「父や母には言っていないが、ふたりとも君が仕事をすると言い、そして私が幽閉処分を解くと言えば反対はしないはずだ」

つまり、相談もなく勝手に動いている、と。

まあそうだろう。もし相談を上げていたら、ヴァルフレードは国王からも王妃からも叱られていたはずだ。

何のために国王がアドリアーナに離宮で「幽閉」されていてくれと頭を下げたと思っている

んだろう。

すべては王家の威信を守るためなのに、ヴァルフレードは今まさにそれをすべて水の泡にしようとしている。

（とはいえ、説明しても無駄そうね）

何を言ったところでヴァルフレードは自分が正しいという考えを曲げないだろう。ならば相手をするだけ無駄だ。

「殿下、お手紙のお返事でお断りしたはずですが？」

ヴァルフレードから届いた手紙の返事には、「お断りします」という一文のみを叩き返している。

「手紙は読んだ。だから説明が必要だろうと、わざわざ私が足を運んでやったんだ。クレーリアでは外交も内政も社交も難しいんだ。アドリアーナの力が必要だ」

つまり何もかもできないから、王妃としての仕事をすべてアドリアーナが引き受けろ、とそう言いたいのか。

それにしても「足を運んでやった」か。まるでアドリアーナが悪いみたいに言ってくれる。

「君の気持ちもわかるつもりだ。私も、君には可能な限り配慮すると誓う」

（可能な限り、ね）

この怒りをどこにぶつければいいだろう。

（気持ちがわかる人間が、そんな上から目線で意味不明なことを言うはずがないでしょうよ！）

所詮ヴァルフレードは口だけだ。何も配慮するつもりがないことはその言い分から読み取れる。

「繰り返すようですが、お断りします」

すると、ヴァルフレードがムッとしたように眉を寄せた。

「君は公爵令嬢だろう？　少しは国のことを考えたらどうなんだ？」

（その言葉、そっくりそのままお返しするわよ！）

アドリアーナの苛立ちはそろそろ限界に達しそうだった。

何度嫌だと言っても聞き入れず、とうとう「冷たいぞ！」と情に訴えて詰りはじめたヴァルフレードを実力行使でつまみ出したくなってきたときだった。

「殿下、冷たいと言うのなら、八年間も殿下に尽くしたアドリアーナを公然と切り捨てた殿下の方ではありませんか」

冷ややかな声が響いたと思うと、サロンにジラルドが入って来た。

「ジラルド！　何でお前がここに……！」

ジラルドがここにいるとは知らなかったのだろう。ヴァルフレードがはじめて動揺を見せた。

どうやらジラルドはサロンの外で、アドリアーナとヴァルフレードの話に聞き耳を立てていたらしい。

綺麗なエメラルド色の瞳をすがめ、氷のような冷ややかな視線でヴァルフレードを見据えると、アドリアーナの隣までゆっくりと歩いてくる。

「あまり我儘がすぎますと、我が家まで敵に回すことになりますよ？」

「……ぐ」

ヴァルフレードは低くうめいて視線を彷徨わせる。

ヴァルフレードにとってオリーヴェ公爵家が頼みの綱なのだ。さすがの彼もそれは理解しているようで、反論できないのだろう。

「今なら黙っておいてあげます。俺の気が変わらないうちに、早々に立ち去ってください。――これ以上、アドリアーナを煩わせるな」

アドリアーナには好き勝手が言えても、ジラルド相手にはそれができないヴァルフレードは渋々席を立つとサロンを出ていく。

来て早々離宮から追い出されたヴァルフレードは、けれども文句を言わずに、肩を落として去って行った。

七　新たな問題

クレーリアは苛立っていた。

というのも、先ほど王妃に呼び出されて、とんでもないことを言われたからである。

（あたしを側妃にして、正妃には別の、しかるべき家の令嬢を据えるですって⁉　ふざけないでよ！）

王妃はさらに、ヴァルフレードは国王や王妃から言っても聞かないから、クレーリアからその話をするようにと言った。

つまり、クレーリアに自分から「側妃になります」とヴァルフレードに言えというのだ。

（どういうことよ！　あたしはヒロインなのよ⁉）

クレーリアはガンッとソファの背もたれを蹴りつける。

ここはクレーリアが妃教育を受けるために与えられた城の一室で、この部屋にある調度品はすべて城のものだったけれど関係ない。

白い布張りのソファにクレーリアの靴跡がくっきりとついたけれど、クレーリアは気にせずに二度、三度とソファの背もたれを蹴りつけて、それからどかりとソファに座った。

しつこいくらいにベルを鳴らしてメイドを呼びつけると、お菓子とお茶を運ばせる。

イライラしながらお菓子をやけ食いしていると、しばらくして城の女官長がやってきた。王妃がつけた、城でのクレーリアの世話役だ。世話役とは聞こえがいいが、クレーリアにしてみれば口うるさい監視役みたいなものである。

妃教育で城に登城する際、本来であれば身の回りの世話をする侍女を伴ってくるのが普通なのだそうだが、クレーリアには侍女がおらず、仕方なく女官長がよこされたというわけだ。

けれどもミラネージ男爵家は「男爵」と名のつく通り貴族では末席の方で、ましてや事業などもしていないので——というか、数年前に何かをはじめたという話を聞いたけれど、一年たたずに頓挫《とんざ》したらしい——、祖父母の代からの遺産を食いつぶしているような状況で、安月給のメイドはともかく、高給取りの侍女を雇う余裕はないのである。

もっとも、侍女を雇ったとしても、男爵家に同じ男爵家やそれ以上の子爵家出身の女性が来てくれるはずがないので、平民上がりのメイドに色を付けたくらいの人間しか集まらなかっただろうが。

クレーリアには難しいことはわからないが、カルローニ国では、よほど功績を立てて褒賞として得られない限り男爵の身分で領地は賜れないらしい。

子爵や男爵家の中には、大領地を持つ公爵や侯爵家などの領地のひとつの町や地域などの代官として雇ってもらったりしている家もあるらしいが、なまじプライドの高いミラネージ男爵は誰かに使われるのを嫌がった。

自分はいつか大業を成す人間だ――これは、酒が入るたびに繰り返される父の口癖だ。

だからくだらない仕事はしないし、誰かにこびへつらって雇ってもらったりなんかしないと言うのである。

言い換えれば、遊んで暮らす金を誰かよこせよということになる気がするが、クレーリアは父がどうしようと、実家が困窮していようと、別段何も気にしていなかった。

何故なら「そういう設定」で、自分は「ヒロイン」だからである。

貧乏ながら頑張ってきたヒロインが王子様と出会って報われる話――これまでそう信じてきたクレーリアにとって、今の状況は到底許容できるものではなかった。

（あたしは王妃になるはずでしょ⁉　ヴァルフレード殿下に愛されて、面白おかしく遊んで暮らせるはずじゃない‼　なのに何なの⁉）

女官長の顔を見ると、お菓子を食べて少し落ち着いていた怒りが再び噴火しそうになった。

何故ならこの女官長は、クレーリアが王妃に呼ばれた際に側にいてすべてを聞いていたからだ。それなのにクレーリアを庇う言葉のひとつもなく、むしろ王妃に同調する姿勢を見せた。世話係のくせに、許しがたい裏切りだ。

「もうじきマナー教育の先生が来られる時間ですのに、どうしてこんなに散らかしていらっしゃるんですか？」

ブラウンの髪をきつくひっつめた女官長は、きりきりと眉を吊り上げて言った。

「今日は休むわ」

「いけません。殿下の正妃となられないにしても、妃として最低限のマナーは身につけていただきます」

「わたくしは正妃よ‼」

たまらず叫んで、クレーリアはソファのクッションを女官長に向かって投げつける。

クッションは女官長の肩のあたりに当たったが、彼女は顔色ひとつ変えずに、冷ややかな視線をクレーリアに向けた。

「何ひとつ教育が進んでおらず、また学ぶ姿勢もない。気に入らなければ癇癪《かんしゃく》を起こして当たり散らす方を、どうして王太子殿下の正妃にできましょうか？」

「殿下がそうおっしゃったわ‼　アドリアーナは嫌だからわたくしと結婚するって、そうおっしゃったもの‼」

「アドリアーナ『様』、です。その殿下は、現在アドリアーナ様にお会いするために離宮へ向かわれましたけれどね」

「……え？」

クレーリアは目を見開いた。

「何ですって？」

すると、女官長はこれ見よがしなため息をつく。

「殿下も、ようやく現実が見えてきたということでしょう。このまま最低限のマナーも身につけられないようでは、あなたは側妃にすらなれません。むしろその方が、のちのち禍根がなくてよろしいかとは思いますが、正妃でなくとも、殿下があなたを妃にと望まれている限りは、妃教育は受けていただかなくてはなりません。さあ、早くご準備なさいませ」

女官長の冷ややかな声も、クレーリアの耳には入ってこなかった。

（殿下が、アドリアーナに会いに行ったですって？）

何がいったいどうなっているのだろうか。

（『ゲーム』ではこんなストーリーはなかったわ！　プロムの後は結婚式をして、幸せに暮らせるはずだったのに……こんな……）

しかるべき家の令嬢を正妃に据えると王妃は言ったが、もしかしなくても、その「しかるべき家の令嬢」はアドリアーナのことを指すのだろうか。

（そんなの許せないわ‼　アドリアーナは悪役令嬢じゃない！　生涯幽閉されるはずよ⁉　それなのになんで……！）

クレーリアはふるふると拳を震わせると、勢いよく立ち上がった。

「気分が優れないから、今日は帰るわ‼」

「そんな我儘が——、ミラネージ男爵令嬢⁉」

女官長の制止も聞かず、クレーリアは急いで部屋を飛び出すと、背後からの叱責も無視して駆けだした。

（冗談じゃない冗談じゃないわ‼　ふざけんじゃないわよ‼）

クレーリアはヒロインだ。

ヒロイン、なのである。

☆

「葉の色がだいぶ変わってきたわね」

アドリアーナはジラルドとともに、山の中を散策していた。

散歩道として造られた小径《こみち》を、ジラルドと手をつないで歩いていく。

ここ一週間で気温がぐっと下がったからだろうか、山の木々の葉はすっかり赤やオレンジ色に色づいて、風が吹けばはらはらと舞い散るようになっていた。

小径の上にも、赤やオレンジ、茶色や黄色の落ち葉が、まるであたかも最初からこのような模様であったかのように複雑に重なり合いながら降り積もっている。

ここのところ雨がなかったから、歩くたびに、しゃくしゃくと足元の落ち葉が乾いた音を立てて、それがちょっと面白い。

（ジラルドとこうしてのんびり散歩しているのが、今でもちょっと不思議だわ）

プロムを終えて、アドリアーナが知っていたゲームのストーリーとは若干違ったけれど、幽閉されるという扱いは変わらなかった。

それでも断罪されて幽閉ではなく、王家の威信を守るための措置であるため、待遇はとてもよくて、これならば数年ここで過ごすのも悪くないかなとも思っていた。

でもやっぱり、デリアたち使用人は一緒にいてくれるけれど、家族や友人と離れてここでひとりで生活するのはちょっと寂しくて――。

そんな気持ちに目を背けて過ごしていたとき、ジラルドが追いかけてきてくれて、そして求婚してくれるなんて、想像だにしていなかった。

少なくともゲームのストーリーではあり得なかったことだ。

ここはゲームの世界だけど現実で、でも幽閉される未来が変わらなかったから、どんなにあがいてもゲームのストーリーを大幅に改変することはできないのではないかと思っていたけれど、そうではないのかもしれない。

(ヴァルフレード殿下から側妃になれなんて言われるのは、ゲームのストーリー上ではあり得ないでしょうし)

同じようで、やっぱり違う。

それならば、この先の未来も悲観する必要はないのかもしれない。

「子供のころにさ、タウンハウスの庭で焚火をしようとして怒られたの覚えてる？」

「そういえばそんなこともあったわね！」

あれはアドリアーナがヴァルフレードと婚約して間もないころだったと思うので、十歳かそこらのころだったたと思う。

庭に降り積もる落ち葉を見て、アドリアーナがふと「焼き芋が食べたくなるわね」とこぼしたのが原因だったはずだ。

カルローニ国には焼き芋という食べ物が存在していなかったので、兄のグラートと、遊びに来ていたジラルドにそれは何だと訊かれ、あの落ち葉で芋を焼いて食べたら美味しいはずだと答えたのだ。

記憶にあった前世のサツマイモよりはべちゃっと柔らかい食感ではあるが、カルローニ国にもサツマイモはあったし、焼いて食べたら蜜芋みたいで美味しいのではないかと思ったのだ。

カルローニ国ではサツマイモと言えばスープか、パイにするのが主な食べ方であったため、そのまま焼いて食べるというのがグラートとジラルドにはピンとこなかったらしいが、庭で落ち葉を焼いて芋を焼くというのが楽しそうに思ったのだろう。

即座に試してみようという話になって、庭中の落ち葉をかき集めて、噴水の近くで焚火をしようとしたのだ。

けれども執事から報告を受けた父と母が血相を変えて飛んできて、叱られて、結局実行するには至らなかった。

昔を思い出しているとと、ジラルドがいたずらっ子みたいな顔をした。

「あの時は結局、焼き芋だっけ？　できなかったけど……ここでは止める人間はいないよ」

「あら、悪いことを考えるわね、ジラルド。でも名案だわ」

「だろう？」

にやり、と互いに顔を見合わせて笑う。

まだ一度も試していない「焼き芋」。

せっかく秋も深まって落ち葉がたくさん手に入る時季になったのだから、ぜひ試してみたいところだ。

サツマイモはどちらかと言えば平民の食べ物という感じが強くて、価格も安い。サツマイモも焼いて食べたら美味しいことがわかれば、川の近くの仮設住宅で暮らしている人たちにも教えて、そこで焼いて食べるようにしたら飢えも寒さもしのげていいと思う。

アドリアーナは少し離れてついてきている護衛のヴァネッサを振り返った。

「ねえヴァネッサ！　手が空いている人を呼んで、落ち葉をたくさん集めてほしいんだけど」

「芋を焼くんだ」

ジラルドも言うと、ヴァネッサはきょとんとしてから、笑って頷いた。騎士であるヴァネッサは遠征先で焚火を囲むこともあったからなのか、こういうことにはあまり抵抗がないようである。

「芋の他に焼いたら美味しいものってないの？」

「栗とか美味しいと思うけど……栗って焼けると爆《は》ぜるから危ないのよねー」

「爆ぜる？」

「パンパン音を立ててね」

「へー、それはそれで面白そうだけど」

「火傷《やけど》をしたら大変よ。やめておきましょう。後はそうね……キノコとか、川魚とか、お肉でもいいと思うけど……」

言いながら、だんだん「焼き芋」ではなくバーベキューっぽくなってきたなと思ったが、ジラルドはむしろ魚とか肉を焼く方がよかったらしい。それはいいねと食いついてきたので、帰ったら用意させる気だろう。

いっそのこと昼食は外でバーベキューパーティーでもよくないだろうかと思いながら、落ち葉を集めるべく袋を取りに離宮へ戻ろうとしたときだった。

「アドリアーナ、さまっ」

息苦しそうな大声で名前を呼ぶ声が聞こえて、アドリアーナは驚いて振り返った。

ジラルドが一瞬警戒したようにアドリアーナを引き寄せるも、小径をこちらへ向かって走ってきている子供たちを見て力を抜く。

「ダニロに、エンマじゃない。どうしたの？」

また食べ物を探して山に入ってきたのだろうかと思ったが、ダニロとエンマが今にも泣きそうな顔をしているのを見てアドリアーナは表情を引きしめた。

「何があったの？」

その場に膝を折ってダニロたちの視線の高さになると、今にも倒れそうなほどぜーぜー言っているダニロとエンマの背中をさする。

ダニロは、息を切らしながら、叫ぶように答えた。

「助けて、くださいっ！　お父さんが、殺されちゃう……！」


ダニロとエンマをひとまず離宮へ連れ帰って、ダイニングで水を飲ませてやってから、アドリアーナは改めてダニロに事情を訊ねた。

コンソーラ町から急いでやって来て疲れているようなので、事情を聴いた後で食事ができるように、カルメロに軽食の準備をするよう料理長に伝えてもらう。

「それで、お父さんが殺されちゃうってどういうこと？」

それが本当ならばあまりに物騒な言葉だった。

ジラルドも表情を硬くしてダニロの説明を待っている。

「昨日、役人がたくさん来たんです。そして、お父さんが脱税？　とかいう犯罪者だから連れていくって、来週、みせしめ？　で処刑するんだって、言って……連れていかれたんです……！」

「脱税？」

「よくわかんないけど、お父さん、収穫の一部を隠していたんだってお母さんが教えてくれました。でもっ、それは食べ物がなかったからなのに、生きるために仕方なくしたことなのに、それも悪いことなんですか⁉」

話しているうちに感情が高ぶってきたのだろう。ダニロの目からぽろぽろと涙があふれ出し、それにつられてかエンマまで泣き出してしまう。

アドリアーナは言葉に詰まってジラルドへ視線を向けた。

現時点で、コンソーラ町の代官はルキーノ子爵だ。彼が国が定める税以上を町民から搾取しているのはわかっているが――収穫物を正しく報告せずに隠していたのは確かに脱税の罪に該当する。

（でも……）

ダニロにどう説明すればいいだろう。

ダニロの父に罪がないかと言われれば、法律上では罪を犯しているが、ダニロの言う通り、生きるために仕方なくしたのにそれを罪だと言ってしまうと、彼らには死ねと言っているのと等しいのではないかと思うのだ。

アドリアーナが何も言えないでいると、ジラルドがポンとアドリアーナの肩を叩いた。

「ダニロ、お父さんがしたことは確かに罪と言えることだ」

「ジラルド」

きゅっと体を強張らせるダニロを見てアドリアーナが口を挟もうとしたけれど、ジラルドはそれを手で制して続ける。

「収穫量は、正しく報告しなければならない。それが決まりだ。それを破れば罪になる。それは覚えておいてほしい」

「……はい」

ダニロが、ぎゅっと唇を噛みしめて小さく頷く。

ジラルドは立ち上がり、ダニロのそばまで行くと、その場に膝をついた。

「だけど、今回ダニロのお父さんが収穫物の一部を隠してしまった原因は、罪を犯さなければ生きていけないようなひどい税の徴収をしたこの町の役人たちのせいでもある。だから、俺としてはダニロのお父さんは罪を犯したけれど、それは殺されるほどひどい罪ではないと思っているよ。情状酌量――ええっと、罪だけど、今回は仕方がなかったことだから、その罪のほとんどは許されるはずだ」

「じゃあ……!」

「うん。お父さんは殺されるようなことはしていない。……アドリアーナ、この子たちを頼めるかな。俺は急いで書類を調えるから。来週ってことは時間がないからね。取りやめさせるにしても急がなくちゃ」

「そうね……」

処刑をやめさせるにしても、いきなり乗り込んでいってどうにかなるものではない。ブランカ公爵家およびオリーヴェ公爵家の権力を使えばどうとでもできるが、そういう強引な手法はあまり歓迎されたものではないので、使うにしても最終手段である。

おそらくジラルドはルキーノ子爵が強引な公開処刑に踏み切ろうとしている事実も使って、彼を罷免するように持って行くつもりだろう。

もともと証拠集めに奔走していたから、ある程度の証拠は集まっている。今回の公開処刑の件も合わされば、ルキーノを確実に罷免できるはずだ。

書類作成をジラルドに任せて、ダニロとエンマを励ましていると、料理長に伝言に行っていたカルメロが戻って来た。

「アドリアーナ様、ジラルド様あてに王都からお手紙が届いています。ブランカ公爵家からです」

ブランカ公爵家への手紙は、ヴァルフレードの指示で検閲が入れられる可能性を考慮して、ジラルドから出してもらっている。

差出人がグラートだったので、アドリアーナはカルメロからペーパーナイフを受け取り封を切った。

そしてざっと手紙の文面に視線を走らせて、思わず拳を握りしめる。

（さすがお兄様、仕事が早いわ‼）

そして、これ以上ないタイミングだ。

アドリアーナはカルメロに急いでこの手紙をジラルドへ持って行くように告げて、ダニロとエンマに微笑んだ。

「大丈夫。絶対に処刑は防いで見せるから」

八　動き出す悪役令嬢

調べたところ、ダニロとエンマの父親の公開処刑は来週のはじめ——今から四日後の正午に予定されていた。

ルキーノ子爵を更迭する権限は、アドリアーナやジラルドにはないので、それまでに証拠を提出して国王を動かしてもらう必要があるが、それについては、すでにグラート側で動いてくれていたようだ。

手紙には、ルキーノ子爵家と人事院長官のリジェーリ伯爵との間に金銭のやり取りがあったこと、その証拠をもとに国王へルキーノ子爵の代官の罷免を奏上したとあった。

グラートの調べによると、ルキーノ子爵はコンソーラ町とその近辺から強引な徴税をしてその一部を横領、それをリジェーリ伯爵に横流しすることで、代官の任期満了後にはしかるべきポジションを用意してもらう約束をしていたようだ。

報告を受け、国王はすでにルキーノ子爵の身辺の調査に乗り出し、コンソーラ町にも近く調査官がやってくることになっているらしい。

調査官の到着が処刑予定日より先か後かはわからないが、これだけの準備ができていれば、こちらとしても動くのに何ら問題はない。

調査官の到着が処刑日の後になるようなら、こちらが先に動き、ルキーノ子爵の身柄を拘束した後で調査官に差し出せばいいだけの話だからだ。

ダニロとエンマは、身の安全のために離宮に留まらせて、彼らの母親もこちらへ呼ぼうとしたが、何かの拍子に役人が来た時に家がもぬけの殻であれば怪しまれるだろうからと母親の方はコンソーラ町に留まることを選択した。

公開処刑が予定されている日の前日。

ダニロとエンマのことは彼らの母親と年の近いメイドふたりに任せて、アドリアーナがジラルドとルキーノ子爵の身柄を拘束する準備を進めていると、カルメロが来客を告げに来た。なんでも、国王がよこした使者が到着したらしい。

「いくら何でも早すぎない？」

馬を飛ばしても王都から離宮までは数日かかる。使者は文官ではなく、馬を操るのに長けた騎士でもよこしたのだろうかと怪訝に思っていると、その「使者」がアドリアーナたちのいる書斎まで上がって来た。

「殿下⁉」

アドリアーナは唖然とした。

到着したという使者がヴァルフレードだったからである。

（どういうこと⁉）

ヴァルフレードはコンソーラ町を含むこのボニファツィオの管理責任者ではあるけれど、まさか王太子自らやってくるとは思わなかった。しかも、使者がヴァルフレードであるならば、到着が早すぎる気がしたからだ。ヴァルフレードならば馬で駆けるようなことはせずに馬車を使うだろう。そうすると、王都から離宮までは急いでも一週間以上かかる。

どうなっているのかと怪訝に思っていると、ジラルドがやれやれと肩をすくめた。

「殿下、まだこのあたりにいたんですか」

すると、図星だったのか、ヴァルフレードが気まずそうに視線を逸《そ》らした。

（……ええっと、つまり、殿下は王都に戻っていなかったってこと？）

少し前にアドリアーナに会いに来て追い返され、そのまま近くの宿かどこかに滞在していたと、そういうことだろう。

なるほど、近くにいるのであればヴァルフレードを遣わすのが一番いいだろうが、王太子のくせに何をふらふらして遊んでいるのだろうか。

「私はもともと、新しく責任者になったこの地の視察に来ていたのだ！」

じっとりと見つめていると、ヴァルフレードが言い訳するように言う。

要するに、視察という名目でこの地へ来てアドリアーナを説得しようとしたができず、けれど視察すると言った以上とんぼ返りはできずに、適当に時間を潰していた、ということで合っているだろうか。

（あきれた……）

アドリアーナは額を押さえたが、あきれたのは彼女だけではなかったらしい。

ジラルドも大仰にため息をついて、それから気を取り直したようにヴァルフレードにソファを勧めた。

カルメロにお茶の準備を頼んで、アドリアーナもジラルドとともにヴァルフレードの対面に腰かける。

「視察していたのならば今の状況はご存じですよね」

「知らん」

「……本当に、何していたんですか、殿下」

ジラルドがヴァルフレードを睨むが、ヴァルフレードはムッと口をへの字に曲げた。

「アドリアーナが素直に側妃になればこんなことにはならなかったのだ」

（はいはい、またわたしのせいね……）

もう怒る気にもならない。

しかしジラルドは違ったようで、ぴくりと片眉を撥《は》ね上げた。

「まだそんなことを言っているんですか。はあ……。国に帰れば否が応でも聞くと思って前回は言いませんでしたが、この際です、伝えておきます。アドリアーナは俺と婚約する運びとなりました。正式な手続きはまだですが、陛下の了承も得ています。殿下の出る幕はありません」

「な――」

ジラルドの求婚を受け入れたことはジラルド経由でブランカ公爵家に伝えられたが、その情報が王都に届いたのはヴァルフレードが出立した後だったのだろう。それから王都に戻っていない彼は、いまだにその情報を得ていなかったのだ。

「どういうことだアドリアーナ!!　お前は幽閉の――」

「殿下、アドリアーナの幽閉は名目上の措置であり、王家のための犠牲です。公式には発表できませんが、殿下はもちろんご存じのはずですが？　それとも、まだアドリアーナが罪人だと言い張りますか？　そんなにアドリアーナを罪人に仕立て上げたいのなら証拠を提示しろと何度言えばわかります？　空想で物を語るのは五歳までにしてください」

ヴァルフレードが悔しそうに唇を噛む。

ティーセットが運ばれてくると、ジラルドは息を吐いて「これ以上の脱線はやめておきましょう」と言うと、本題に移った。

ヴァルフレードが事情を知らない以上、コンソーラ町で今起こっていることを説明しなければならないからだ。

説明を終えると、ヴァルフレードが不可解そうに眉を寄せた。

「ルキーノ子爵の不正はわかった。しかしそれでどうして処刑を止める必要がある。そのものが罪を犯したのは本当だ。罪の軽減は必要ない」

「──本気で言っています？」

思わず、アドリアーナの声が低くなる。

けれども、ヴァルフレードはどうしてアドリアーナが怒ったのかがわからなかったらしい。

「当たり前だ。脱税は罪だ。脱税をしても軽い罪ですむと周知されれば、同じようなことをするものが大勢出てくるではないか。相応の処罰をし、脱税は罪であると民に知らしめるために公開処刑にすると言うのならば、私は妥当だと思う」

「わたくしたちの話を聞いていらっしゃいましたか？」

「ルキーノの不正と脱税とは別の話だ」

「別の話ではありません！」

とうとうアドリアーナは声を張りあげた。

この王太子はまるでわかっていない。

「脱税しなければ生きることもできないような過酷な税の徴収をしたのはどちらです？　つまり殿下は生きるためにやむなく行ったことも重罪であり、彼らは生活できないだけの税を支払って死んでいけと、そうおっしゃるのですか⁉」

「アドリアーナ、落ち着いて」

腰を浮かせかけたアドリアーナを、ジラルドがそっと押し留める。そして、静かにヴァルフレードを見つめた。

「税で生活し、贅沢が保証されている殿下には想像できないかもしれませんけれどね、明日食べるものがなく、子供たちを飢えさせて、この冬を越すことができずに死なせてしまうかもしれない。そのような状況下にあって、何とか生きようと、生かそうと、あがくことが罪になるのならば、そもそも国として崩壊しているんですよ」

「しかし罪は罪だ」

「罪を正しく裁きたいのならば、罪を罪として堂々と言える環境の整備をまず行ったらどうですか。収穫の大半を搾取され、食べるものもなく、食糧配給や炊き出しなどの救済措置もない状況で、生きるためにしたことが罪だと本気で言えますか？」

「しかしこれを認めれば贅沢をするために脱税をするものも出てくるだろう」

「そのときはそのときできちんと裁けばいいのです。では言い方を変えましょう。正しい税率を思えば、それ以上搾取されたものは本来彼らのものです。つまりルキーノは彼らのものを盗んでいたということになりますが、自分のものを取り返すことに何か問題がありますか？」

「……それは」

「処刑されることになった人間は、自分のものを取り返しただけです。不当に奪われた己のものを取り返そうとしたのが罪になるのならば、この国にはどれだけの罪人がいるでしょうね。国の定めた法でも、不当に奪われたものを取り返す権利はあるとされていますよね？　法そのものが罪でしょうか」

ヴァルフレードが何も言えずに押し黙る。

「殿下。もう少し視野を大きく持ってください。そうしなければ、本当の意味での真実は何も見えてきませんよ」

ジラルドは一度立ち上がり、書類の束を持って来た。

「これはこちらで調べた調書です。ルキーノ子爵とリジェーリ伯爵の癒着の事実もあります。殿下がこの地の管理責任者だと言うのならば、公明正大な判断をお願いいたします」

ヴァルフレードはおずおずと紙の束を受け取り、それからゆっくりと目を伏せた。

「……確認する時間をくれ」

「それほど長くは待てません。処刑は明日の正午ですからね。そうですね……三時までには確認をお願いします」

「わかった」

ヴァルフレードが書類を持って立ち上がる。

カルメロがヴァルフレードのために準備した部屋に彼を案内するのが見えた。

「……大丈夫かしら?」

「大丈夫じゃなくても方法はあるけれど、管理責任者の殿下と一緒に動いた方が何事もスムーズだからね。まずは殿下の判断を待とう」

「そうね……」

アドリアーナは不安そうにヴァルフレードが出ていった扉を見て、それからこてんとジラルドの肩に額を預ける。

ジラルドが、ぽんぽんと頭を撫《な》でてくれた。


約束の三時になって、ヴァルフレードがダイニングでお茶を飲んでいたアドリアーナとジラルドの元へやって来た。

資料として渡した書類をダイニングテーブルに置き、短く一言「読んだ」と告げる。

「そなたたちが言いたいことは、わかった。……私の考えが間違っていたようだ」

（殿下が間違いを認めた……？）

アドリアーナは驚いた。

ヴァルフレードは自分が一番正しいと思っている人間で、安易に己の非を認めたりはしないからだ。アドリアーナの件だって、彼の中ではいまだにアドリアーナは罪人で、正しいのは己だった。周りがどんなに言葉を重ねても理解するどころか聞こうとすらしなかったヴァルフレードが、この短時間で先ほどの発言を撤回するとは思わなかったのだ。

「わかっていただけて光栄です……」

驚きすぎて、そう答えるだけで精一杯だ。

ジラルドが苦笑して、ヴァルフレードから書類を受け取りつつ、彼に訊ねる。

「それでは、殿下も俺たちがしようとしていることに賛成すると言うことでよろしいですか」

「ああ、構わない」

「それでは殿下も人員に入れて作戦を煮詰めなおしましょう」

（ジラルドは、殿下がこう答えるってわかっていたのかしら？）

それほど驚いていないジラルドが不思議だった。

ジラルドはヴァルフレードと従兄弟同士だ。アドリアーナよりもはるかにヴァルフレードという人間をわかっているのだろうが、アドリアーナの知るヴァルフレードであれば絶対に「自分は間違っていない」と言うと思っていたのに。

すごく気になったのであとからジラルドに聞いてみたところ、ジラルドが言うには、ヴァルフレードは「社会的弱者には甘い」性格をしているらしい。

慈悲と言えば聞こえはいいが、幼少期から上に立つものは弱者の目線に立って物事を考えるべきだと教え込まれていたため、ルキーノ子爵によってコンソーラ町の住人がどれだけ虐げられていたかを細々《こまごま》と書き記した報告書を読んで胸が痛んだのだろうと言った。

なるほど、その説明で、ヴァルフレードが学園でクレーリアの味方に付いた意味がわかった気がした。クレーリアの言い分を聞いてこちらの意見にはまるで耳を貸さなかったのは、クレーリアが貴族の中では末席の男爵家の令嬢で、そして裕福でなかったことに起因していそうだ。

社会的弱者に寄り添うのが悪いとは言わないが、それで公平性を見失うのは問題だ。しかし今回はそのヴァルフレードの性格がうまく作用したようである。

「それでは、殿下にはこの地の管理責任者としてルキーノを罷免する宣言をお願いいたします。ルキーノ邸への兵士の派遣や使用人や役人たちの捕縛はこちらで手はずを整えます」

「それで構わん」

「ルキーノを罷免後、彼が行った不正についての裁きは王都にて陛下の裁量で行われることになりますので、彼の身柄は王都へ送ることになります。おそらく陛下が移送用の馬車を手配してくださっているとは思いますので、そのうち到着すると思いますが……」

今回、役人やルキーノ邸で働いていた使用人のどれだけが不正に関わっているのかがわからないので、いったん全員を王都へ送ることになる。そのため、何台もの移送馬車が必要で、この地にある移送馬車の数だけでは足りないのだ。

「了解した。移送馬車が来るまでの身柄の拘束は……、離宮には地下牢があったな。そこが妥当か」

「そうですね。町で監視しておくよりは離宮で監視する方がいいと思います」

離宮にはアドリアーナが滞在しているため、王都から何人もの騎士が派遣されている。こちらに連れてきた方が、何かあったときに対処しやすい。

アドリアーナが頷くと、ヴァルフレードは何か言いたそうに彼女を見て、けれども何も言わずに視線を落とした。

「わかった。では、捕縛については任せる」

「はい」

話し合いを終えると、ヴァルフレードは席を立って、そのまま黙って部屋を出ていく。

出ていく際に思い悩んでいるような表情をしていたのが気になったが、今はヴァルフレードよりも明日の処刑阻止とルキーノの捕縛の計画の方が重要だ。

「じゃあ、明日ルキーノ邸へ向かう人員と配置を決めよう。逃亡ルートも塞いでおかないとね」

「ええ、そうね」

アドリアーナは気を取り直して、ジラルドと、明日についての話し合いを再開した。

☆

公開処刑日当日。

コンソーラ町はどんよりとした雰囲気に包まれていた。

普通、公開処刑を行う際は、誰かしら騒ぎ立てて、熱気と興奮が伝染し、異様な雰囲気を漂わせるものだが、今回はそれもない。

この処刑が、町民の誰もが望まないものであり、また、次は我が身かもしれないと、処刑を見守る人々が戦慄《せんりつ》しているのは明白だった。

コンソーラ町の広場には絞首台が設けられ、町民が処刑の邪魔をしないように役人たちが並んでバリケードを作っている。

絞首台のすぐそばには、縄で手首を縛られた三十半ばほどの男が立っていた。

継ぎはぎだらけの服は薄汚れ、無精ひげの生えた顔は青ざめている。

軽く顔を上げて、広場に集まった人の中から何かを探すように視線を動かし、やがてぴたりと静止した。

視線の先には男の妻が、彼以上に青ざめた顔で立っている。

男の表情がほんの少しだけ緩み、それから、唇がゆっくりと動いた。

その動きは、「ごめん」と言っているようだった。

男の妻が泣き崩れ、友人なのだろうか、周囲にいる婦人たちが抱きしめるようにして彼女を支える。

役人に守られるようにして立っているルキーノ子爵が、一歩前に出た。

「これより、罪人の公開処刑を行う‼」

そう宣言したとき、ルキーノがニッと機嫌よさげに口端を持ち上げたのを、アドリアーナは見逃さなかった。

（この男は絶対に許せないわ！）

人の命を、何とも思っていないような顔だ。

アドリアーナはヴァネッサに目配せした。

今ごろ、ジラルドとカルメロはルキーノ子爵の代官邸に向かっていることだろう。

「殿下、準備はいいですか」

広場から少し離れたところにいたアドリアーナが声をかけると、ヴァルフレードはかぶっていた外套のフードを軽く上げて頷く。

「罪人を絞首台へ！」

「待ちなさい‼」

ルキーノの声にかぶせるように、アドリアーナは声を張りあげた。

外套のフードを後ろにはねのけて、ヴァネッサたち騎士を連れ、アドリアーナはまっすぐに広場に向かって歩いていく。

「処刑は中止です。代官たちを捕らえなさい‼」

アドリアーナたちの号令で、町民の中に紛れていた騎士が一斉に役人に躍りかかった。

役人たちは驚き騒ぎ立てたが、鍛え抜かれた王家の騎士たちによってあっという間に捕縛されていく。

「な、な……！　何のつもりだっ‼」

ルキーノが泡を食って叫んだ。

アドリアーナはまっすぐルキーノに向かって歩いて行きながら、冷ややかに彼を睥睨《へいげい》する。

「わたくしは、アドリアーナ・ブランカです。ルキーノ子爵、あなたの不正はすべて調べさせていただきました。あなたの身柄を拘束させていただきます」

「そ、そんなことが許されるはず――」

「これは勅命である」

ルキーノがなおも叫ぼうとしたが、その前に大股で歩いてきたヴァルフレードがアドリアーナの横に並んだのを見て、ひゅっと息を呑んだ。

「で……殿下……」

まさかここでヴァルフレードが出てくるとは思わなかったのだろう。ルキーノは蒼白になり、ぶるぶると震えはじめた。

「これは陛下からの正式な書状だ。そして、この地を預かる私の権限で、ルキーノ、そなたは現在をもってこの地の代官を罷免する。なお、そなたの処遇については陛下が公正な判断でお決めになるだろう。移送手続きが完了するまで、そなたたちの身柄は私の監視のもとに置かれる。連れていけ‼」

ヴァルフレードの号令で、身柄を拘束されたルキーノが引きずられていく。

ヴァルフレードは息を吐き、ぽんとアドリアーナの肩を叩いた。

「あとはそなたの仕事だ。私はルキーノたちの監視もあるので先に戻る」

ルキーノと、それからその場にいた役人たちが全員引きずられていくと、ヴァルフレードは数人の護衛とともに彼らが押し込められている馬車へ向かって歩き出した。

残されたアドリアーナは、茫然とこちらを見ている町人たちににこりと微笑みかけると、騎士のひとりに命じて、縛られている男の縄をほどかせる。

男は目をぱちくりしていたが、やがて顔中に喜色を浮かべると、離れたところで泣き崩れている妻へ転びそうになりながら駆けていった。

（よかった……）

泣きじゃくりながら抱きしめあう夫婦にホッと胸をなでおろして、アドリアーナは町人たちに向き直る。

「皆さん、驚かせてすみません。そして、これまで大変な思いをさせてしまったこと、陛下に代わりお詫び申し上げます。わたくしはアドリアーナ・ブランカ、現在この地の離宮に暮らしております」

警戒と怪訝の入り混じった表情を浮かべていた町人たちが、アドリアーナが名乗った途端にざわめきはじめた。

「アドリアーナ様って、食糧を援助くださった？」

「南門のところで炊き出しをしてくださっている、あのアドリアーナ様かい？」

アドリアーナは「アドリアーナ」として人々の前に顔を出さないようにしていたのだが、カルメロの仕業だろうか、どうやらアドリアーナの名前は町人たちに広く知られているようだった。

(王家からの配給だってことにしてって言ったのに)

カルメロにしてやられたなと思いながら苦笑して、アドリアーナは小さく咳ばらいをすると、話を続ける。

「先ほどご覧になった通り、ルキーノ子爵はこの地の代官を罷免されました。次に誰が派遣されてくるのかはまだ決定しておりませんが、ここに、ルキーノ子爵が無断で増額した分の税を撤廃することを宣言いたします」

町民たちが一瞬シンと静まり返り、それから、わっと声をあげた。

沸き立つ町民たちの顔を見渡しながらアドリアーナは続ける。

「なお、今年の余分徴収分は後々返却する予定ですが、もろもろの手続きがありますのでもう少々お待ちください。次の税に関しては国の定めた公正な税率での徴収になろうかと思いますが、これまでの補填等もありますので、こちらも別途決まり次第ご連絡いたします。それから、補填等が決まり、生活が安定するまでは引き続き食糧配給と炊き出しをいたしますが、その日程については広場に案内板を立てさせていただきますね」

アドリアーナがこれからのことについて説明すると、「おおーっ」と地鳴りのような歓声が響き渡る。

そして、誰かが「祝いだ！」と声をあげ、それを皮切りに、あっという間に広場で宴会が催されることが決定した。

盛り上がっているところに水を差すのも何なので、アドリアーナは小難しい話はこのあたりで切り上げることにした。細かい説明はのちに立札で知らせればいいだろう。

「では、離宮からも食料を運ばせましょう。あまり羽目を外しすぎないように楽しんでくださいね」

「「ありがとうございます、アドリアーナ様‼」」

町人たちがわーっと騒いでアドリアーナに向かって手を振る。

小さく手を振り返しながら、アドリアーナはダニロとエンマの両親に近づいた。

「助けるのが遅くなってすみませんでした。ダニロとエンマは元気にしています。食料を運ぶ際に一緒に連れてきますね」

ダニロたちの母親がハッと顔を上げて、それから涙をぬぐいながら何度も何度もアドリアーナに頭を下げる。そして、夫にダニロとエンマがアドリアーナに助けを求めに行ったのだと説明すると、彼の方もがばっと大きく頭を下げた。

「うちの子らが、大変なご迷惑を……！」

「いいえ、ダニロとエンマのおかげでルキーノの不正を暴けたんです。むしろこちらの方が感謝したいくらいですよ。それから、あとで医者を派遣しますので、念のため診察してもらってください」

アドリアーナはそう言って、この場を数人の騎士に任せてヴァネッサたちを連れて離宮へ戻ることにした。

ルキーノの代官邸の捕縛もそろそろ完了してジラルドたちも帰ってくるころだろうと思ったからだ。

離宮に戻ると、案の定、玄関先でヴァルフレードと話をしているジラルドとカルメロがいる。

アドリアーナはカルメロにコンソーラ町へ食料を運ぶように頼んで、それからダニロとエンマ、そして離宮に常駐している医者を町まで連れて行ってほしいと伝えた。

カルメロが頷いて指示を出しに向かうと、アドリアーナはジラルドに向き直る。

「そっちは大丈夫だった？」

「ああ、何の問題もなかったよ。ちょうど今、殿下とルキーノの代わりをどうするかって話をしていたんだ」

玄関で話すのも何だからと言われて、三人でダイニングへ向かう。

デリアがお茶を用意してくれて、一息ついたところでヴァルフレードが本題を口にした。

「新しい代官を派遣するにも少し時間がかかる。だからその間のつなぎとして、アドリアーナ、お前が嫌でなければ代官代行として管理してもらえると助かる。ジラルドもアドリアーナなら適任だろうと言っているしな」

「え!?」

アドリアーナは目を丸くした。

（急にそんなことを言われても……！）

アドリアーナは妃教育は受けたけれど、領主や代官の仕事は学んでいない。

困惑してジラルドを見ると、彼はにこりと微笑んだ。

「俺も手伝うし、アドリアーナなら大丈夫だと思うよ。それに、ここの使用人の中には何人も城から派遣されている元文官がいるし、数年という単位でないなら問題なく対応できると思う。ルキーノと一緒に役人たちも捕縛しちゃったから新しく任命しなくちゃいけないけど、そんな大人数がすぐに動かせるわけないし。人事院もルキーノの不正に絡んでいたから、そっちの調査でも時間が取られるだろう？　人事異動はすぐに決定できないよ」

確かにジラルドの言う通りだ。

人事をつかさどる人事院まで不正が及んでいるので、人を派遣するにしてもそちらの調査が終わらなければできない。

しかし、管理するものが誰もいないままこの地を放置することはできないので、そう考えると、元文官が何人もいる離宮の主——すなわちアドリアーナが代行するのが一番理想的な形だろう。

（ボニファツィオの残りふたりの代官にここも管理しろって言うのはちょっと酷でしょうし……）

なるほど、突然のことで驚いたが、確かに納得のいく理由だった。

不安ではあるが、ジラルドもいればカルメロもいる。ふたりがいれば何とかなる気がしてきた。

アドリアーナは一度視線を落とし、それから意を決して顔を上げた。

「わかりました。次の代官が任命されるまでの代行、引き受けます」

名目上幽閉されている身であるアドリアーナが代官代行になるなんて不思議な気がするが、この地の管理責任者であるヴァルフレードには、代官代行の任命権がある。彼がいいと言うのならば問題ないのだろう。

「うん、アドリアーナならそう言ってくれると思ったよ」

ジラルドがにこりと微笑んだので、アドリアーナも微笑み返す。

そんなアドリアーナを、ヴァルフレードが何か言いたそうに見ていたことには、彼女はこれっぽっちも気がつかなかった。

九　悪役令嬢、代官代行になる

──アドリアーナは、あんな顔で笑うような女性だったろうか。

夜、ヴァルフレードは泊まっている離宮の部屋のベッドの上で、薄暗い天井を見上げながらぼんやりと考えていた。

今日の昼──コンソーラ町で公開処刑を阻止し、離宮に帰ってきたアドリアーナの顔を思い出す。

ジラルドと顔を見合わせて微笑み合うアドリアーナを見ていると、どうしてかヴァルフレードの胸の中がもやもやした。

ヴァルフレードとアドリアーナは、互いが十歳の時から婚約関係にあった。はじめて顔合わせをしたのはもっと前で、お互いが五歳のときだ。知り合ってから十三年も経っているのに、思い返してみる限り、アドリアーナのあのような笑顔は、ついぞ見た記憶がなかった。

いや、もしかしたら彼女が微笑んでも、自分が見ていなかっただけなのかもしれない。

ヴァルフレードはこれまでアドリアーナを見ようとはしなかったし、彼女を知ろうともしてこなかったことに今更ながらに気づかされた。

自分の意志を無視して決められた婚約が嫌で嫌で、アドリアーナ自身に向き合おうとはしてこなかったのだ。

だから、だろうか。

学園でアドリアーナが自分よりもずっと身分が低く弱い立場である男爵令嬢クレーリアを虐げているという話を聞いたときに、何の疑いもなく「ほら見たことか」と思った。

アドリアーナの上辺しか見てこなかったヴァルフレードは、彼女のことを何も知らなかったくせに、婚約を嫌がるあまり彼女自身のことを悪女か何かだと決めつけてかかっていたのかもしれない。

きちんと内面を見て判断しないから性悪な女を王家に取り込むような愚策を講じることになるのだと、ヴァルフレードはそのとき、婚約を決めた父や母を嘲笑ったのだ。

そして、今ならまだ間に合うと、まるで正義の味方よろしくアドリアーナを断罪し、国のためにいいことをしたのだと思い込んだ。

そのあと父や母が慌ててブランカ公爵家へ詫びを入れたので、何故そのようなことをする必要があるのだと憮然《ぶぜん》としたし、きっと父や母は世の中の善悪がわかっていないのだと決めつけた。

「……傲慢、だな」

すべて自分が正しいと思っていた。

王太子だから、正しくあらねばならないのだと思っていた。

弱者の声に耳を傾け守ろうとすることで、自分は立派な君主になれるはずだと思い込み、自分自身に酔っていたのかもしれない。

はっきり言って、今もまだヴァルフレードは学園でアドリアーナがクレーリアを虐げていたという話が本当なのか嘘なのかがわからない。判断するだけの情報を何も持っていないからだ。

逆に言えば、判断材料を持たずにアドリアーナを悪人と決めつけたのである。

きちんと調べて、公正に物事を判断すべきだったのに、クレーリアの言い分だけに耳を傾けた。

そのことに気づいてしまったから、ヴァルフレードは胸の中がざわざわして落ち着かなくて、どうしていいのかわからなくなる。

（私はどうしたらいいんだ……）

自分が間違っていたかもしれないと思うと、どうしようもなく不安になってくる。

ヴァルフレードはきつく目を閉じると、天井に向かって、長く息を吐き出した。

☆

「仮設住居で生活していた町民は全員町に戻っていただきました。それから食糧配給所ですが、広場に近い場所にあった空き家を一軒確保しています」

「ありがとう。食糧の調達はどうなっているかしら？」

「ご指示いただきました通り、没収したルキーノの私財を使って、近隣の領地から買いつける手はずを整えています」

「助かるわ。引き続きお願い」

書斎でカルメロから報告を受けた後、再びアドリアーナが書類の山に視線を落とそうとすると、その前にひょいっとマグカップが差し出された。

顔を上げるとカルメロと入れ違いに入って来たジラルドがマグカップをふたつ手に持っていて、そのひとつをアドリアーナに差し出している。

「少し休憩したら？」

「そうね、ありがとう」

アドリアーナはミルクティーの入ったマグカップを受け取った。

このマグカップは、アドリアーナが先日、ティーカップよりも大きなカップが欲しいと言って作ってもらったものだった。

代官代行となってから、優雅にティータイムをすごすような時間的余裕がなくなったので、仕事をしながら飲み物を飲みやすいマグカップが欲しかったのだ。

前世の、特に試験前などは、勉強机の上にコーヒーの入ったマグカップを置いて、ちびちびと飲みながら勉強をしていたことを思い出したのである。

アドリアーナが使いはじめると、あっという間に離宮中に伝染して、今ではみんながこの大きなマグカップを使っていた。

捕らえたルキーノたちは、三日前に到着した護送馬車に押し込めて王都へ送り返した。

不思議だったのは、てっきりルキーノたちと一緒に王都に帰ると思われていたヴァルフレードが離宮に残っていることだった。

アドリアーナはマグカップを持ってジラルドとソファに移動する。

忙しいが、ジラルドも、何故かヴァルフレードも手伝ってくれるため、不慣れな代官仕事も何とかこなすことができていた。

「ねえ……わたしの気のせいかもしれないけど、殿下、ちょっと雰囲気が変わったわよね？」

「アドリアーナもそう思う？」

「何となくだけどね」

ヴァルフレードはこれまで、他人の意見に耳を貸すような性格ではなかった。すべて自分の意見が正しいと思っている節があって、アドリアーナに対してもつい最近まで「罪人」であるという姿勢を崩そうとはしなかったのだ。

アドリアーナに側妃の話を持ち掛けてきたのはヴァルフレードにとってはやむを得ない選択であり慈悲であると彼は思っていて、だからさも当然のように命令してきたのである。

それが、ここ最近のヴァルフレードは、少し様子が違うようなのだ。

アドリアーナは確かにヴァルフレードから代官代行に任命されたが、あくまで代官代行で、管理責任者はヴァルフレードである。けれどもヴァルフレードはアドリアーナのすることに横槍を入れるでもなく、こちらの話に耳を傾けて、文句ひとつ言わないのだ。

ときにはこちらがヴァルフレードに対して意見をすることもあるが、そのときも冷静に受け止めて頭ごなしに否定したりしない。

（まるで人が変わったみたいだわ）

ヴァルフレードに何があったのだろう。

考え込んでいると、ジラルドがそっとアドリアーナの手を握った。

「殿下が気になる？」

「うーん、と言うより、不思議……」

「それだけ？」

「そうだけど、どうして？」

アドリアーナが顔を上げると、ジラルドがどこか困ったような顔をしていた。

「いや……、アドリアーナが殿下を気にかけるのは、元婚約者だからかなって、ちょっとね……」

「確かに元婚約者だけど、別に……、あ」

（もしかして、やきもち？）

困ったような、それでいて面白くなさそうなジラルドの顔を見ていると、その勘が正しい気がする。

ちょっとくすぐったくなって、アドリアーナはジラルドの手を握り返した。

「そういうのじゃないわよ」

「本当に？」

「本当よ。わたしはジラルドが好きだもの」

さらりと口にして、そのあとでハッとした。

急に恥ずかしさがこみあげてきて、ジラルドの手を離してソファから立ち上がって逃げようとするも、ジラルドが手に力を込めたのでそれもかなわない。

「もう一回言って」

「な、何を……」

「だからさっきの。アドリアーナ、そういうこと言ってくれないから」

逃げるどころか、ジラルドに引き寄せられて抱きしめられてしまう。

あわあわしていると、ジラルドの手がうなじのあたりを撫でて、彼が耳元でささやいた。

「好きだよ。アドリアーナが好きだ。だからアドリアーナからも言葉が欲しい」

「さ、さっき言ったわ……」

「もう一回」

こうなれば、アドリアーナが観念するまでジラルドは離してくれないだろう。

うぅ……とうめいて、ジラルドの腕の中でそっと顔を上げる。

「だから……」

「うん」

「……好きよ」

たっぷりと沈黙して、消え入りそうな小さな声で告げて、ジラルドの顔を仰ぎ見る。

すると、ジラルドはこれ以上ないほどに幸せそうに微笑んで、アドリアーナの髪に顔をうずめた。

「たまにでいいから、言ってね。安心するから」

「……ジラルドも、不安になったりするの？」

「そりゃあ、俺も人間だからね」

「そっか……」

アドリアーナの目には、ジラルドはいつも自信があるように見える。卑屈なことは言わないし、頼りになるし、一歳しか違わないのにとても余裕があるように見えるのだ。

（ジラルドでも、不安になるんだ……）

ジラルドとは長い付き合いだし、仲がいいのは間違いないけれど、彼のことを何でも知っているわけではない。

ジラルドの小さな弱音に、アドリアーナはちょっと嬉しくなった。

知らなかったジラルドの一面を知れた気がしたからだ。

「……そっか」

アドリアーナは笑って、彼の背中に手を回した。

十　狙われた悪役令嬢

「殿下はどうして戻って来ないの⁉」

クレーリアは叫んだ。

彼女は今、ミラネージ男爵家のタウンハウスにいる。

というか、当分の間城に来なくていいと言い渡されたのだ。

よくわからないが、何かいろいろ大変なことが起こって、城は今大忙しらしい。だからクレーリアの相手をしている暇はないと言うのである。

（あたしは未来の王妃よ⁉　どいつもこいつも何なのよ‼）

妃教育はうんざりするので受けたくないけれど、これはこれでないがしろにされている気がして許せない。

しかも、ヴァルフレードがアドリアーナに会いに行ったきり戻って来ないというのが、クレーリアの怒りの火に油を注いでいた。

（何でよ！　何で殿下は悪役令嬢に会いに行くの⁉　春には結婚式でしょう？　だってそういうストーリーだもの‼）

もう冬になったというのに、結婚式の「け」の字も出ないのもおかしい。王族の結婚には時間がかかるということは、クレーリアも知っていた。もう準備をはじめていなければ春に間に合わないはずなのに、結婚式をする話すら出ていないのはあり得ない。

（どういうことよ⁉　どうなっているのよ⁉　プロムでちゃんとアドリアーナの断罪イベントを起こしたじゃない‼　それなのに何でよ‼）

クレーリアは前世でこのゲームをやりこんでいた。

ゲームのストーリーはプロムの断罪までで、そのあとどうなるかは何も書かれていない。エンドロールの後で春の結婚式のスチルが手に入るだけだ。

だが、プロムで悪役令嬢の断罪イベントを起こせばハッピーエンドのはずなのだ。クレーリアは正しくヴァルフレードルートを「クリア」したはずなのである。後は彼との幸せな人生を送るだけのはずなのに、何でこんな番狂わせが起きているのだろう。

（アドリアーナよ！　あいつが悪いんだわ！　おとなしく幽閉されないから……‼）

確かにアドリアーナは幽閉になった。けれどもその前に彼女がゴネたことをクレーリアは知っている。きっとそのせいで番狂わせが起きているのだ。

（あいつを何とかしないと、あたしのハッピーエンドが訪れないわ‼）

クレーリアはぎりりと爪を噛み、この状況を打開する方法はないものかと考えた。

☆

アドリアーナがヴァルフレードに呼び出されたのは、アドリアーナが代官代行になって十日後のことだった。

「アドリアーナ、ちょっといいか」

夕食後、ヴァルフレードは席を立ちながら、少し話がしたいと言ってきたのだ。

やけに真剣な顔のヴァルフレードに、アドリアーナは戸惑ってジラルドを見た。

ジラルドは心配そうな顔をしていたが、小さく頷くことでアドリアーナを送り出してくれた。

ヴァルフレードに連れていかれたのは、一階のサロンだった。

デリアがお茶を用意してくれて、ちょっと心配そうな顔をアドリアーナに向けてから部屋を出ていく。

ローテーブルを挟んで向かい合って座ると、ヴァルフレードは視線を落として暫時《ざんじ》沈黙した後で、意を決したように顔を上げた。そして、がばっと勢いよく頭を下げる。

「すまなかった！」

「……え？」

アドリアーナは目を見開いた。

何が起こったのか、脳の処理が追いつかない。

（殿下が、頭を下げた……）

それどころか「すまない」と謝った？

いつも自分が正しくて、人に謝るということを知らないヴァルフレードが？

茫然として何も言えないでいると、ヴァルフレードが顔を上げて、まっすぐにアドリアーナを見つめてくる。

その、強い光をたたえた緑色の瞳に、アドリアーナはぎくりと肩を強張らせた。

何だかこれ以上は聞いてはいけないような気がしてきたからだ。

「これまでのことを……アドリアーナと婚約してから、婚約解消し今日に至るまで、いろいろ思い出して考えてみたんだ。君に対する私の態度や、学園でのこととか、いろいろ」

いつも自信家なヴァルフレードらしくなく、慎重に言葉を選んでいるような話し方だった。

それどころか、表情も自信がなさそうな、頼りなさそうな顔をしている。

「学園での、君がクレーリアを虐げているという話については、不可解な点はたくさんあったのに、私は冷静に物事を考えられていなかったのだと、気がついた。私は今まで、君に向き合おうともしてこずに、私の意思を無視して君と婚約させられたと反発して、その怒りを君にぶつけて……、周囲への意趣返しに、君が私の婚約者にふさわしくないと証明したいがために君のあら捜しばかりしていたように思う。そして学園での噂を聞き、クレーリアから話を聞き……君との婚約を破棄できる理由を見つけたと事実確認もせずに飛びついた。君は何も悪くなかったのに」

首肯《しゅこう》していいのか、それとも首を横に振るべきなのか――アドリアーナはどうしていいのかわからずにただ戸惑い瞳を揺らす。

アドリアーナにクレーリアを虐げたという事実はないが、それに頷けば、自分が望まない言葉をヴァルフレードから引き出してしまうような気がした。

おそらくだが、ヴァルフレードの謝罪を受け入れればそれで終わるという問題でないと思うから。

「私はさらに、そんな君に対して側妃になれなんて言った。君が怒るのは当然だ。だが……私には君が必要なんだ」

ああ——、とアドリアーナは顔を覆いたくなった。

ヴァルフレードの顔を見ていられずに視線を落とせば、彼が立ち上がったのが気配でわかった。

こちら側に回り込んできて、アドリアーナの側に膝をつく。

「婚約破棄を、なかったことにしてもらえないだろうか」

アドリアーナは大きく息を吸い込んだ。

やっぱり想像していた通りのことを言われてしまった。

嫌な予感はしていたけれど、直接言葉にされると血の気が引いていく。

ジラルドとの婚約は国王が認めたものだけど、アドリアーナが離宮に「幽閉」されているため、正式な婚約は交わしていない。婚約の書類が整っていないからだ。

ジラルドとの婚約は世間的にも公表されていないため、今であれば婚約の話そのものをなかったことにできる。

ヴァルフレードがアドリアーナとのやり直しを望めば、おそらく国王も考えるだろう。

アドリアーナはブランカ公爵家の娘で、すでに妃教育を完了している。クレーリアが妃としての役割をこなすことができないから側妃になどと言う話が出るくらいだ、ヴァルフレードとアドリアーナとの復縁は、大臣たちも、もろ手を挙げて賛成するだろう。

婚約破棄後の復縁に嫌な顔をする貴族もいるだろうが、反対派は少ないはずだ。むしろ国のことを考えるなら、それが一番丸く収まる方法である。

（でも、わたしは……）

ジラルドと気持ちを交わした後でなければ、アドリアーナも考えたかもしれない。

都合のいいことを言うなと、怒りはしただろうが、アドリアーナも十八年公爵令嬢として生きてきた。妃教育も受けている。この国のために、自分がどうするのが最善か、激怒しながらも考えて、最終的に諦めたかもしれない。

けれど今は、ジラルドがいる。

アドリアーナはジラルドと一緒にいたいし、命令でヴァルフレードと復縁したとしても、きっと一生ジラルドを忘れられないと思った。

心の中にジラルドを想い続けて、ヴァルフレードの隣で微笑むことなんてアドリアーナにはできない。

そんな苦しい人生を送るのはまっぴらだった。

だが――、ここで断って、ヴァルフレードは理解してくれるだろうか。

断ったところでヴァルフレードが自分の意見を曲げなかったら？

アドリアーナの意思に反して、国王と話をつけてしまったら？

膝の上で拳を握りしめると、びっくりするくらいに手が冷たくなっているのに気がついた。

ヴァルフレードはしばらく黙って答えを待っていたが、青ざめたアドリアーナの顔に何を思ったのか――、静かにつぶやいて立ち上がる。

「困らせたかったわけじゃないんだ」

アドリアーナはハッとして顔を上げた。

見上げれば、寂しそうに小さく笑ったヴァルフレードの顔がある。

「私は君に対してひどいことをした。その上君の意思を無視して勝手なことをしようとは考えていない。……ただ、君の答えが知りたかった」

「……わたくしは……」

ああ、ここで何も言わないのは卑怯かもしれない。

すべてを水に流すことはできないけれど、ヴァルフレードが彼なりに過去に、アドリアーナに、向き合おうとしてくれているのがわかったから。

アドリアーナは一度大きく深呼吸をしてから、まっすぐにヴァルフレードを見つめ返した。

「わたくしは、ジラルドと一緒に生きていきたいと思っています」

「……そうか」

「ごめんなさい……」

「君が謝ることじゃない。私が……私が気づくのが遅すぎたんだ」

ヴァルフレードはちらりとサロンの扉に視線を向けてから、アドリアーナに手を差し出した。

「君の名目上の幽閉処分は、私が速やかに撤回するように父上に働きかける。なに、今回のルキーノの件があるんだ、いくらでもやりようがあるだろう」

アドリアーナがヴァルフレードに差し出された手を握っていいのかどうなのか逡巡していると、ヴァルフレードが苦笑して続けた。

「私の話は以上だ。……君のジラルドが、扉の外でやきもきしながら待っている。出ようか」

「え？」

アドリアーナは驚いてサロンの扉に視線を向けた。

もちろん扉はきっちり閉まっていて、外の様子はわからないが、ヴァルフレードはどうして外にジラルドがいるとわかったのだろう。

ヴァルフレードの手を取って立ち上がり、サロンの扉を開けると、部屋を出てすぐの廊下には本当にジラルドが立っている。

ヴァルフレードはアドリアーナの肩をポンと叩くと、そのまま何も言わずに去って行った。

「ジラルド……」

ジラルドは両手を大きく広げて、アドリアーナをぎゅっと抱きしめた。

「……聞き耳を立てていたのね?」

「うん、ごめん。……不安で」

アドリアーナはジラルドの腕の中で小さく笑う。

アドリアーナがヴァルフレードと復縁するなどあり得ないのだから、不安に思う必要はないのにと思う一方で、不安に思ってくれたのが嬉しいとも思うから不思議なものだ。

「わたしはジラルドと一緒がいいわ」

アドリアーナがジラルドを抱きしめ返すと、ジラルドはさらに腕に力を込める。

「好きだよ、アドリアーナ」

ジラルドが耳元でささやくように告げてきて——。

たまには言ってねと言われたことを思い出したアドリアーナは、顔を赤くしながらささやき返した。

「ええ、わたしも大好きよ」

☆

ヴァルフレードが王都に帰ると言い出したのは、それからさらに十日ほど経った日のことだった。

ヴァルフレードが王都に戻る前にコンソーラ町の様子を見て帰りたいというので、アドリアーナとジラルドは、彼とともにコンソーラ町へ向かうことにした。

アドリアーナが代官代行になってもうじき三週間が経つが、こうして歩いてみると、以前よりも町の中が活気に満ちていることに気がつく。

アドリアーナたちが大通りを歩けばたくさんの人が声をかけてくれて、子供たちが笑顔で手を振ってくれた。

子供たちに手を振り返しつつ、町の人たちに笑顔が戻ってよかったなと改めて思う。

「広場の近くに……ああ、ありました、あそこです。あそこが、食糧配給所です」

広場の近くの空き家をひとつ、カルメロが食糧配給所にしたと言っていたことを思い出して探してみると、「食糧配給所」と看板が掲げられている建物を見つけてアドリアーナは指を差した。

もともとは店だったのだろうか、建物の前面は大きいガラス窓がはめ込まれていて外からでも中の様子をうかがい知ることができる。

各家庭に引換券を配って、各々の都合のいいときに取りに来てもらう仕組みにしてはどうかとアドリアーナが提案したところそれが採用され、食糧配給所は昼前から夕方まで毎日開かれていた。

今も数名の人が引換券を手に食糧配給所を訪れている。

「引換券なんて面白いことを思いついたな」

食糧配給所を眺めながらヴァルフレードが言った。

まさか前世の記憶を頼りに提案したとは言えないのでアドリアーナは曖昧に笑ってごまかす。

町人たちに何日に食料を配るから取りに来いと言っても、仕事があったりして思うように動けない人もいるだろう。できる限り彼らの都合に合わせようと考えた結果、引換券がちょうどいいのではないかと思っただけだ。

「殿下……差し出がましいことを言うようですが、次の代官を任命されるときは、できるだけ彼らの生活に配慮してくださる方を選んでいただけると嬉しいです」

ヴァルフレードが王都に戻るのは、ルキーノたちの処罰の決定と、それから次の代官をどうするかを協議する会議が開かれるからだと聞いている。

コンソーラ町の人々にようやく笑顔が戻ったのに、再びルキーノのような代官が派遣されて来てはたまったものではない。

アドリアーナが頼むと、ヴァルフレードは大きく頷いた。

「それについては考えがある」

「そうですか。それならば、よいのですけど……」

ヴァルフレードは変わった。

以前のように自分がすべて正しいと思い込まずに人の言葉に耳を傾けられるようになった彼なら、悪いようにはしないと思いたい。

国王も、王家が任命した代官によって再び不正が起こるのは避けたいところだろうし、人選には配慮してくれるはずだ。

アドリアーナたちは広場を離れ、町全体を見渡せる高台へ向かうことにした。

高台には代官邸があったが、今は誰も入れないように柵がしてある。邸の中のものはほぼ押収したと言うので、入れたとしても中はがらんどうだろうが。

「来月には雪が降るかな？」

高台に上がると、ひゅーっと音を立てて、冬の冷たい風が頬を撫でて通り過ぎて行った。

ジラルドがさりげなくアドリアーナと手を繋いで、それをそのまま自分のコートのポケットに入れる。

とても温かくて嬉しいけれど、隣にヴァルフレードがいるのに……と、アドリアーナはちょっと落ち着かなくなった。

ヴァルフレードがアドリアーナに復縁しないかと相談を持ちかけたのは、国のことを考えてのことでアドリアーナ個人への特別な感情はないと思うけれど、やっぱり彼の前で堂々とジラルドと仲良くするのは気まずかったりする。

目を泳がせると、少し離れたところを歩いている護衛のヴァネッサが、口元に微苦笑をたたえているのが見える。

急に恥ずかしくなって、アドリアーナが視線を落としたときだった。

「アドリアーナ」

ジラルドが低い声を出して、突然アドリアーナを抱きしめてきた。

ヴァルフレードもさっとアドリアーナを庇う位置に回り込む。

（何？）

ふたりが何かに警戒しているのがわかって、アドリアーナに緊張が走った。

ヴァネッサ達護衛がこちらに駆けてくるのが見える。

ジラルドも、ヴァルフレードもヴァネッサたちも、代官邸の方を注意深く探っているようだった。

「ジラルド……」

「誰かいる」

「え？」

「気配を消し切れていないから素人だとは思うけど……、アドリアーナ、俺の側から離れないで」

ジラルドがアドリアーナを背に庇い、護身用の腰の剣に手を伸ばした——直後。

「お前がアドリアーナ・ブランカだな⁉　覚悟しろ‼」

柵をされている代官邸の塀の奥から、数名の男たちが武器を手に飛び出してきた。

アドリアーナは悲鳴をあげそうになったが、いち早く飛び出して行ったヴァネッサがあっけないほど簡単に男のひとりから武器を奪い、首に回し蹴りを食らわせたのを見て、逆に面食らってしまう。

「やっぱり素人か。誰に雇われたのかは知らないが……、全員生かして捕縛しろ‼」

ジラルドが声を張りあげたときには、護衛たちの手によって半数が昏倒させられていた。

本当にあきれるほどあっけなく――アドリアーナの目の前で、それほど時間もかからずに男たちは全員捕縛されたのだった。

エピローグ

捕らえられた男たちは、ジラルドの言う通り素人だった。

というのも、罷免された代官ルキーノの王都の邸で働いていた使用人の一部だったのだ。てっきりルキーノが捕縛されて働き口を失ったことへの腹いせかと思ったのだが、彼らの行動には意外な人物が関与していて、アドリアーナを驚かせた。

何と、彼らはクレーリアの指示で動いていたと言うのだ。

クレーリアは父のミラネージ男爵とともにルキーノ子爵のタウンハウスで働いていた使用人たちに接触し、クレーリアがヴァルフレードの妃になれば、彼に口利きしてルキーノの罪をもみ消してやると言ったらしい。そしてそれにはアドリアーナが邪魔だから、アドリアーナを始末して来いと命じたそうなのだ。

クレーリアの口利きでルキーノの罪が帳消しになるはずがないのに、男たちはクレーリアとミラネージ男爵の言葉を信じてアドリアーナを始末するため、虎視眈々とチャンスを狙っていたという。

話を聞いたときにはなんてお粗末な計画なのだろうかとあきれたが、たとえお粗末な計画であろうともこれは看過できない問題だった。

ヴァルフレードは急ぎ男たちを連れて王都に戻り、その後すぐにアドリアーナにも招集命令が届いて、ジラルドとともに王都へ向かうこととなった。

クレーリアとミラネージ男爵はすでに身柄を拘束されて城の地下牢に収容されているという。

(よくわからないんだけど……クレーリアは何がしたかったのかしら?)

プロムでヴァルフレードが宣言したので、クレーリアは一応彼の婚約者の立場にある。

もっとも、彼女では未来の王妃は務まらないと、国王や王妃、そして大臣たちが眉を顰めているようなので、ヴァルフレードと結婚するにしても、側妃になるのが妥当なところだっただろうが、それがどうしてアドリアーナへの逆恨みに発展したのか。

(もともと、学園でもよくわからなかったのよね。わたしは何もしていないのに、わたしにいじめられたってクレーリアが騒いでいたのは何でなのかしら?)

それがそういう「ストーリー」だからだろうか?

けれどもここはゲームの世界であってそうではないのだと、アドリアーナは思っている。

本当にゲームの世界と同じならば、アドリアーナは決められたストーリーに抗えずクレーリアを虐げていただろうし、本当の意味で幽閉の身になっていただろう。

ジラルドと想いを交わすこともなかったはずだ。

つまりここは、ゲームと同じ登場人物は出てくるけれど現実で、それぞれの行動や思惑がきちんと未来につながる、ゲームとは異なる世界なのだと思う。

であれば、アドリアーナが何もしていないのに、アドリアーナがいじめたと騒いだクレーリアは、いったい何を考えてそのような言動をしたのだろうかという疑問が残るのだ。

変な疑問が残ったままなのも、禍根を残したままになるような気がして落ち着かなくて、アドリアーナは国王の許可を得て、地下牢に収容されているクレーリアに会いに行った。

ひとりでは危険だと、ジラルドとヴァネッサも一緒についてきている。

ひんやりして、少しじめっとしている地下牢へ向かい、クレーリアの姿を探していると、突然「アドリアーナぁ‼」と金切り声が聞こえてきた。

アドリアーナの前方、三つ目の牢の鉄格子が、ガチャン‼と大きな音を立てる。

地下牢の見張りの兵士ふたりが慌てたように駆けていき、鉄格子の前で槍をクロスさせて構えた。

「静かにしないか！」

「うるさい！　アドリアーナ‼　あんたよくも……‼　あんたのせいで、あんたのせいであたしは……‼」

鉄格子の間から細い腕を伸ばして叫んでいるのは、薄汚れたピンクがかった茶髪の少女だった。茶色い瞳を血走らせて、アドリアーナを強く睨みつけている。

その眼光の鋭さにぎくりと肩を強張らせたアドリアーナを庇うように、ジラルドが一歩前に出た。

「アドリアーナ、本当に彼女と話がしたいのか？　まともに話なんてできる状態ではないと思うけど……」

ジラルドの言う通り、唾をまき散らしながら叫んでいるクレーリアは、到底正気とは思えない状況だった。

兵士たちが槍の先で脅しても、気にも留めずに大声でわめきたてている。

ここにアドリアーナがいれば、クレーリアはいつまでも騒ぎ続けるだろう。

他に収容されているのも罪人ではあるが、さすがにこれでは迷惑だろうと、アドリアーナがクレーリアと話をするのを諦めて踵を返したその時だった。

「あたしはヒロインなのに‼　悪役令嬢のくせに何であんたが自由に歩き回っているの⁉　アドリアーナ‼　全部あんたが、あんたがいるから……‼」

アドリアーナははじかれた様に振り返った。

クレーリアの血走った眼が、アドリアーナただひとりを映している。

（……やっとわかった）

アドリアーナは目を見開いたままクレーリアをまっすぐに見返した。

（クレーリアも転生者だったのね。だから……）

だから、ゲームのストーリーになぞらえて、アドリアーナに虐げられているのだと吹聴して回ったのだ。

それが事実かどうかは、クレーリアにとっては関係のないことだったのだろう。

嘘でもそう言って騒ぐことで、ゲームのストーリー通りに現実を展開させようとしたのだ。

クレーリアは目をギラギラさせて、何度も何度もアドリアーナの名前を叫んでいる。

アドリアーナはクレーリアに何と声をかけていいのかわからずに、結局、一言だけを返した。

「クレーリア……ここは、現実よ」

ゲームと混同してはいけない。

ここに生きる人たちはゲーム画面に映るただの映像ではなくて、血の通った生身の人間なのだから。

「現実にヒロインなんて存在しないわ。もう二度と会うことはないと思うけど、現実と、それから自分の犯したことに、これからきちんと、向き合ってちょうだい」

「アドリアーナぁ‼」

クレーリアがまだ叫んでいるが、アドリアーナは今度こそ踵を返すと、ジラルドたちとともに歩き出す。

アドリアーナを悪役令嬢と呼び、自分をこのような運命にした元凶だと思い込んでいるクレーリアには、何を言っても無駄だろう。

できることならば――、ここがゲームとは別の現実なのだと、いつか彼女が気づいてくれることを祈るばかりだ。

アドリアーナはそっと目を伏せて、地下牢へ続く扉を閉めた。

☆

それから間もなくして、クレーリアやルキーノ子爵らの処罰は決定された。

ルキーノ子爵家とミラネージ男爵家は取りつぶしになり、人事院の長官リジェーリ伯爵は罷免。リジェーリ伯爵家は取りつぶしにはならなかったが、リジェーリ伯爵の弟が次期伯爵を名乗ることとなり、リジェーリ伯爵は爵位を没収された。

彼らは各々その罪の大きさによって処罰が決定され、ルキーノ子爵とミラネージ男爵、それからクレーリアは炭鉱送りになったという。

そして、アドリアーナの「名目上」の幽閉は解かれることになったのだが――。

「え？　ボニファツィオをわたくしに、ですか？」

コンソーラ町を含む、王家直轄地ボニファツィオを、ボニファツィオ辺境伯領として復活させ、その地をアドリアーナに任せたいのだがどうだろうかと国王に訊かれて、アドリアーナは思わず声を裏返してしまった。

「うむ。ヴァルフレードが、そなたが適任だと言ったのだ。それに、ヴァルフレードのしでかしたことについて、そなた個人への賠償はしていなかったからな。これが賠償になるのかどうかはわからぬが……、受け取ってもらえないだろうか？　もちろん、ルキーノがしでかしたことへの賠償問題については王家が責任を持つ」

アドリアーナは隣のジラルドを見上げた。

ここは謁見の間ではなく城のサロンで、国王がここでその話を持ち出したのは、アドリアーナの意思を確認しようと心を砕いてくれたのだとわかるけれど、さすがに寝耳に水すぎてどう反応していいのかわからない。

（それに、わたしがもし受け取ったりしたら……、ジラルドの人生にも関わるもの）

ジラルドとアドリアーナの婚約は、先日正式に取り交わされた。

準備期間を置いてジラルドと結婚する予定のアドリアーナが、もしボニファツィオ辺境伯領を受け取ったりしたら、ジラルドはもれなくそこで生活することが決まってしまう。

ボニファツィオを受け取ってしまったら、アドリアーナが辺境伯を名乗るか、ジラルドが辺境伯を名乗るかのどちらかになってしまうからだ。

戸惑っていると、ジラルドがにこりと微笑んだ。

「アドリアーナはどうしたい？　俺はアドリアーナと一緒ならどこだっていいよ。どうせ俺は次男だから、父上も何も言わないだろうし」

次男でも公爵家の次男ならば、公爵家が持っている他の爵位を受け継ぐ未来だってあっただろう。アドリアーナが知る限り、オリーヴェ公爵家は公爵位の他に、伯爵位をひとつ、子爵位をふたつ持っている。

（あの場所のことは、そりゃあ気になるけど……）

気になるからという理由で気軽に受け取っていい問題でもないと思うのだ。

悩んでいると、ジラルドがアドリアーナの背中を押すように言葉を重ねた。

「俺もいるし、オリーヴェ公爵家も、ブランカ公爵家もいる。そう難しく考える必要はないと思うよ」

何かあれば助けてくれる人はたくさんいるだろうと言われて、アドリアーナの肩から少し力が抜ける。

ジラルドも一緒で、しかも背後には公爵家がふたつ付いているともなれば、こんなに心強いこともないだろう。

幽閉が解かれたアドリアーナは、ボニファツィオを受け取らなければ離宮へ行く前の生活に戻ることになる。

ヴァルフレードから婚約破棄され、ルキーノやクレーリアが起こした騒動でいろいろ悪目立ちしてしまっているアドリアーナは、王都よりもボニファツィオでの方が生活しやすいだろう。

（って、言い訳しているみたいね）

理由をつけるのはいくらでもできる。問題はアドリアーナがどうしたいかだが――単純に掘り下げた感情論で言えば、答えはひとつしかなかった。

「わたくしでは足りないところも多々あろうかと思いますが、そのお話、お引き受けしたく存じます」

アドリアーナは、あの場所が気に入っている。

そして、ルキーノによって苦しんでいたコンソーラ町の人々の今後がものすごく気になっているのだ。

それならば、誰かに任せるより自分の手で管理したい。

ジラルドを見上げると、彼は笑顔で頷いてくれている。

(忙しくなるだろうけど、ジラルドがいるから大丈夫よね)

悪役令嬢が領地を賜るなんて不思議で仕方がないけれど、ここはゲームではなく現実だから。

アドリアーナはジラルドに笑い返して、彼の手をそっと握りしめた。

END

書き下ろし特別番外編

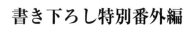

番外編　悪役令嬢の領地改革

春――。

離宮の窓から、新芽が芽吹きはじめた山々を見渡して、アドリアーナはうーんと考えた。

ボニファツィオ辺境伯領の領主になるにあたって、ジラルドとの結婚を急ぐこととなり、目が回るほど大慌てで結婚支度を終えて先月晴れて彼と夫婦になったアドリアーナは、アドリアーナ・ブランカ＝オリーヴェ・ボニファツィオ辺境伯となった。

ジラルドもジラルド・オリーヴェ＝ブランカ・ボニファツィオという名前に変わっている。

今回、どちらかがどちらかの家に嫁ぐわけではないので、非常に長ったらしい名前になってしまった。

ジラルドも「なんか少し新鮮だよね。名乗るとき舌を噛みそうだけど」と笑っていた。

（さてと、領主になったはいいけど、何をしようかしら？）

領主の住居は、そのまま離宮を使わせてもらうことにした。

コンソーラ町を中心とした、以前ルキーノが管理していた地を領主直轄地とし、もともと他のふたりの代官が治めていた地はそのまま彼らに任せている。彼らはうまくその地を治めていたので、代官を変えない方がその地に住まう人たちにとってもいいだろうと判断したのだ。

その際、彼らを国の文官の立場からボニファツィオ辺境伯領の文官として引き抜く形を取らせてもらった。

嫌がられたらどうしようと不安になったが、ふたりともふたつ返事で代官として残ることを選んでくれて、ホッとしたものである。

(せっかく領主になったんだから、領地のために何かしたいのよねぇ)

何と言っても自分の領地である。豊かにしたいと思うのは、領主として間違っていないはずだ。

(せっかく前世の記憶があるんだから、ここはそれをフル活用すべきかしら？　でも、名案がなかなか思い付かないのよねぇ)

じーっと周囲に広がる山を見やる。

せっかくの豊かな自然だ。山を切り崩すのは避けたい。

「アドリアーナ、なかなか下りてこないと思ったら、そこでいったい何をしているの？」

じっと窓外に視線を向けたまま考え込んでいると、背後からジラルドの声がした。

振り返ると、春物のコートを羽織った彼が立っている。

(しまった、うっかり考えこんじゃった！)

朝食のあと、ジラルドと近くを散歩しようと約束したのだ。

ジラルドの横にはデリアもいて、こちらにじっとりとした視線を注いでいた。

「何度かお呼びしたんですけど、まったく聞こえていない様子だったので助かりました」

侍女の声は聞こえなくても旦那様の声なら届くんですね、とチクリと嫌みまで言われてしまった。

「ご、ごめんなさい、デリア」

「いいんですけどね、わたくしは。夫婦の絆と張り合おうとは思いませんとも、ええもちろん」

これは怒っている。いや、拗《す》ねているのか。

たらっと冷や汗をかいていると、ジラルドが笑った。

「まあまあ、デリア。アドリアーナは最近、俺の前でもこんなだよ。何か秘密の悩み事があるらしい」

「秘密でも、悩みってほどでもないんだけど……」

方向性が定まらないから口にしないだけで、秘密にしているわけではない。

「そう？　じゃあ、散歩しながら教えてくれる？」

「ええ、もちろんよ」

ここで言わなければふたりから責められる気がする。

デリアがコートを着せてくれて、アドリアーナはジラルドと手をつなぐと、離宮の玄関に向かった。

玄関では護衛のヴァネッサが待っている。

「いってらっしゃいませ」

デリアと、それからカルメロに見送られて、アドリアーナはジラルドとともに雪が解けたばかりの山の散策に出かけた。


「なるほどね。領地のために何かしたい……つまり、この地を改革したいってことだね」

「改革っていうほど大袈裟なものではないんだけどね」

ボニファツィオの主な産業は農業だ。果樹と、あとは麦や芋などが栽培されている。それなりに収穫量もあるので貧乏領地というわけではないが、他領と比べるとあまりパッとしない。

隣国との関係が芳しくなかったときは、この地は東の防衛線だったので住人も多かった。大勢の兵士がいて、王都からの出入りも多く、活気のある地だったと聞く。

しかし、隣国との関係が改善した今、この地に多くの兵力を置くのは逆に隣国を警戒させる。ゆえに最低限の兵は置かれているけれど、この地の軍事力は大きくない。

それに伴い人の数も減少して、今は農家中心の領地なのだ。

「農業を中心にしているのも、別にいいのよ？　ただ、農業ってほら、その年の気候に影響されたりするから……」

王家直轄地だった時は、不作でも王家から援助を得られた。

だがアドリアーナが領主になった現在、不作だから補填をよこせと王家に頼むことはできない。

要は、リスク管理だ。前世で銀行か何かのＣＭで分散投資という言葉を聞いたことがあるが、それに似ている。何かひとつがコケたときに、他で補填できるようにしておくのだ。

「まあね。領地の産業が農業一本っていうのも心もとないもんな」

「そうなのよ！　それから、お金をうまく循環させたいから、人が集まる場所にしたいのよね。商人とか、観光客とか」

「それはいいと思うけど、一朝一夕ですぐに……とはいかないよね」

アドリアーナが頭を悩ませているのは、まさにジラルドに指摘された通りだ。

人が集まる地を目標にしても、ではすぐに今年から、次の年から商人や観光客を劇的に増やす秘策などどこにもない。

目標に掲げるのはいいのだが、何年も先を見据えた目標であり、すぐに領地の利益には直結しないのである。

（その間に蝗害《こうがい》とかが起きたら最悪だもの。できればすぐに取り掛かれる何かがほしい……）

この地で旱魃《かんばつ》が起きる可能性は低いと思っている。山が多く、地下水も湧き水も多いこの地は水だけは豊かなのだ。

しかし蝗害はわからない。農薬や殺虫剤なんてない世界である。ひとたび蝗害が起きると、打つ手がないかもしれないのだ。

（いっそのこと、前世の主婦のアイディアグッズ的なやつを作ってみる？　でもこの世界でどのくらい需要があるのかわからないのよね）

下手なことをしてコケるのは避けたい。何をするにもこの地の住人の税金で賄われるのだ。無駄遣いはダメである。

「名案ってなかなか閃《ひらめ》かないものね」

「ま、そんなにすぐに思いつくなら、誰も苦労しないよね」

気長に考えようと言われて、アドリアーナは渋々頷く。

「ああそうだ。湖に行ってみない？　この時季だけ、滝が流れているんだって」

「滝？」

「そうそう。雪解けで水が増えるかららしいよ。大きいものじゃないからそれほど迫力はないみたいだけど、これが結構綺麗なんだって」

「へえ、見てみたいわ！」

「そう言うと思った」

ジラルドが笑う。

彼とともにのんびりと散歩コースを歩きながらいつぞやボート遊びをした湖に向かうと、彼の言う通り、細い滝が木の間を縫うようにして落ちてきていた。

下の方には小さな虹がかかっている。

「本当、綺麗ね」

「だろう？　ただ水が冷たいからね、ボート遊びはやめておいた方がいいだろうけど。万が一落ちたら大変だし」

ジラルドが水温を確かめるように湖に手を入れて、「冷た！」と言って慌てて引っ込める。

思わず噴き出したアドリアーナは、湖の奥のあたりに小さな魚影を発見して「あ！」と声をあげた。

（そうよ！　養殖したらどうかしらって、思ったことがあったじゃない！）

この湖には、鱒などの淡水魚が生息している。

ボニファツィオは海に面していないが、水が綺麗なので淡水魚でも泥臭くなくて美味しいのだ。

「アドリアーナ？」

突然声をあげたアドリアーナに、ジラルドが怪訝そうな顔をする。

アドリアーナは、夫を見上げてにっこりと笑った。

「ジラルド、わたし、いいことを思いついたかもしれないわ！」

☆

「人工の湖を造って鱒の養殖なんて、びっくりするようなことを思いつくよね、アドリアーナは」

　離宮の山から流れる川の一部をせき止めて人口の湖を作って魚を養殖すると言うと、ジラルドは驚きはしたものの反対はしなかった。

「せっかく水が豊かで綺麗なんだもの、活用しない手はないでしょ？」

　今日はどのあたりに湖を造るのか、ジラルドとカルメロとともに視察に来ている。

　離宮の敷地から少し出たところがちょうどいいだろうとカルメロが言うので、どのあたりが地盤的に掘りやすいか、専門家を交えて現場を見つつ話し合っているのだ。

（ゆくゆくはサケフレークならぬ鱒フレークとか作れたらいいわよね。保存もきくし、特産品にもなりそうじゃない？）

　前世で瓶入りのサケフレークは何かと重宝したのを思い出したのだ。

　米食文化ではないのでご飯のお供とはいかないだろうが、パスタにしてもいいし、意外と何にでも合う優れものである。

　貴族向けの販売は厳しいかもしれないが、一般家庭を対象にすればたぶん売れるはずだ。この世界の平民は共働き率が高い。そうしなければ生きていけないからだ。両方の親が働きに出ている家庭には、鱒フレークは重宝するはずである。

（食べるものも増えて、特産品もできて、さらに雇用も促進できる！　一石三鳥！）

もちろんこれひとつだけだと心もとないので他にも考えるべきだろうが、特産品ができれば買いつけに商人が訪れるようになる。長い目で見ても悪くないはずだ。

（問題は鱒の育て方をわたしが知らないことだけど……そ、そこは試行錯誤ってことで！）

一応、テレビで見た人工で卵を孵化《ふか》させるといいらしいという情報は提供しておいた。どうすればうまく孵化するのかは、研究は必要だろうが。

農業とは畑違いの仕事なので、携わりたいと言ってくれる人がいるかどうかが不安だったが、事前にコンソーラ町の知り合いに話をしたところ、何人かが手を挙げてくれている。

その中にはダニロとエンマの両親もいた。農業の傍らでいいなら、関わらせてほしいと言われている。

「それではこのあたりにしましょう。大きさはどのくらいにしますか？」

「そうね。できるだけ広い方がいいと思うわ。あと、この近くに、家を建てたいのよね。研究施設って言うほどのものでもないけど、ゆくゆくは卵を孵化させたりとか、あとは稚魚を育てたりとかできるような施設が造りたいの」

うろ覚えだが、卵が孵化してある程度の大きさになるまで、水槽のようなもので魚を育てているのをテレビで見たことがあった。そのためには施設が必要だ。

「なるほど。建物を建てるのであれば……あのあたりがいいですかね」

カルメロと専門家が地図を見ながら相談している。

ここから先は彼らに任せておいた方がうまくいきそうだと、アドリアーナは一歩下がって様子を見ることにした。

「ねえ、ジラルド。うまくいくかしら？」

「うまくいくようにするのが、俺たちの仕事だよ」

「それもそうね」

何事も、すぐにうまくいくとは限らない。

試行錯誤しながら、一番いい方法を探るのだ。

（よし、とりあえずひとつ目！）

この調子で、他の案も探していこうと、アドリアーナは拳を握りしめた。

☆

「みかんみかんみかんみかん……」

「アドリアーナ、みかんが食べたいなら食べればいいと思うけど……」

目の前にオレンジより少し小さいくらいの大きなみかんを数個置いて、腕を組んでうーんと唸《うな》っていると、お風呂から上がったジラルドが不思議そうな顔をした。

「旦那様。先ほどわたくしも申しましたが、どうやら食べたいわけではないらしいです」

ソファに座っているアドリアーナの背後に立ち、お風呂上がりの彼女の髪を丁寧に梳《くしけず》っていたデリアが肩をすくめた。

「みかん……ジュース、ジャム、ドライフルーツ……」

「あー、もしかしてまた領地の産業でも考えているのかな」

「そのようですね」

ジラルドとデリアが苦笑する。

その通りなので、アドリアーナはみかんに視線を固定したまま頷いた。

この世界のみかんは、大きいのだけどあまり甘くない。

外皮も薄皮も分厚くて、オレンジとみかんを足して二で割ったようなものだ。

生で食べなくもないが、どちらかと言えば料理やお菓子に使われていて、はっきりいって、あまり需要がない。

ボニファツィオは柑橘類の生産が盛んだが、みかん類は需要に対して供給過多で、大半を腐らせてしまっているのが現状らしい。

それでも、ルキーノのせいで食べるものが少なかった以前は、みかんを食べていたと聞くけれど、配給がはじまれば自然と放置されるので、供給過多に逆戻りだ。

「ジュースかな。やっぱり。一番簡単そうだし、子供も大人も楽しめるし」

「決まったの、アドリアーナ」

「え？　あ、うん。まだ決定じゃないけど、ちょっとやってみようかなって……」

「そっか。でも、取り掛かるのは少し後でもいいかな。実はね、今日、陛下から手紙が届いたんだよね」

　寝る前に話そうと思ってたんだけどね、と言ってジラルドがベッド横の棚の引き出しを開けた。

「ほら、二週間くらい前にアドリアーナが思いついた貴族でなくても通える学校……領立学校だっけ？　その件について陛下から、詳しい話を聞きたいから、王都に来られないかって」

（そういえばジラルドに陛下に連絡を入れてもらったんだったわね）

　前世の公立学校を真似《まね》て、貴族や平民関係なく通える学校が作れたら、領の外からも学びたい人が入ってこないだろうかと思ったのだ。

　さすがに学校ともなると領主権限で勝手に建てるとあとあと問題視されるかもしれないと、国王にお伺いを立ててもらったのである。

「陛下はこちらの都合に合わせてくれるって言ってるけど、どうする？」

「陛下もお忙しいから、あんまり待たせるのも悪いわよね」

「まあ、そうだろうね」

留守の間の細々としたことは、カルメロに任せれば大丈夫だろう。

当面、領主でなければ対応できない仕事はないはずだ。

「来週あたりに王都へ向かおうと思うんだけど、どう思う？」

ジラルドはこの先の予定を思い出すように一度視線を天井に向けてから、こくりと頷いた。

「うん、そうしようか」

☆

ボニファツィオを発《た》つ前に手紙を出しておいたので、王都に到着してからそれほど待たされることなく国王へ謁見が叶《かな》った。

謁見場所は城のサロンで、何故かアドリアーナの父であるブランカ公爵と、ジラルドの父であるオリーヴェ公爵、そしてヴァルフレードも一緒だ。

ヴァルフレードは現在も王太子にとどまっている。

それは、ルキーノ、クレーリアやミラネージ男爵を、ヴァルフレードが毅然とした態度で処断できたことが大きいだろう。

アドリアーナの幽閉処分が解かれたことも重なり、ブランカ公爵家とヴァルフレードとが和解したと世間は考えている。

ヴァルフレードはルキーノやクレーリアの件には思うところがあったようで、雰囲気も変わったし、同じ過ちも起こすまい。

王太子の婚約者の椅子は空席のままなので、問題がゼロというわけではないけれど、それを考えるのは王家でアドリアーナではないのだ。

（というかわたしはもう王妃にはならないし、領地のことで手いっぱいで国の行く末に目を向ける余裕はないからね）

国が平穏に保たれていれば、ヴァルフレードが次の王になろうと、弟王子がなろうと、アドリアーナとしては文句はない。

「それでアドリアーナ。領立学校について詳しい説明をしてほしい。手紙で説明は受けたが、いまいちピンとこないのでな。何故、貴賤《きせん》問わず同等の教育を受けられる学校を作るんだ？」

国王が代表して口を開いた。

父も、オリーヴェ公爵もヴァルフレードも、じっとこちらを見つめている。

ここでうまくプレゼンできないと、領立学校の設立は反対されるだろう。

アドリアーナはごくりと唾を飲んだ。

誰もが教育を受ける権利を与えられていた前世と違い、この世界では教育は主に貴族のためのものという認識がある。

最近はミドル階級の人間も教育を受けるようにはなっているが、労働階級――つまりは、金銭的に豊かでない人たちは、そもそも教育を受けるという選択肢すら与えられない。

それは、まず国に存在する学校が貴族のためであるという理由がひとつ。

もうひとつは、学校に通わずに教育を受けようとすると、家庭教師を雇うのに莫大なお金がかかることだ。

結果として、家庭教師を雇う余裕のない家庭の子供たちは、親兄弟から簡単な足し算引き算など、生活に必要な最低限のことを教わるだけとなっていた。下手をすれば文字すら読めない。

大人になって働き出しても、基本的には親と同じ職に就く。農家の子は農家に、大工の子は大工に。だがアドリアーナは彼らにもう少し選択の幅を与えてあげたかった。平民が貴族になれないのは仕方がない。だが農家の子が医者になったっていいだろう。

今の子供たちに、これから生まれてくる子供たちに、将来の選択の自由を。

同時に、それまで農家になるしか選択肢のなかった子が、例えば医者や研究者になれば、それだけで国力の向上にもなる。

そういったことを必死にプレゼンすると、国王は眉を寄せて渋い顔で唸った。

「言いたいことはわかったし、悪い話ではないとも思うが……さて、どうしたものか」

ちらり、と国王がブランカ公爵に視線を向けると、父も顎に手を当てて低い声を出した。

「長い目で見てというのであればいいでしょうが……、急に進めると、それまで教育を特権と見ていた貴族たちとの間に軋轢《あつれき》が生じるでしょうな」

なるほど、貴族からすれば労働階級に自分たちの特権を奪われるような感覚になるのだろうか。

アドリアーナは平等に教育が受けられる世界で育った前世の記憶があるからわからなかったが、貴族が優遇され、彼らを中心とした世界では、教育ひとつとっても簡単な問題ではないのかもしれない。

「悪くはないと思うよ。だが、進め方だろうね。領立学校を建てるのはいいが、せめてミドル階級の人のための学校としてはじめた方がいいんじゃないかな？」

オリーヴェ公爵も苦笑する。

オリーヴェ公爵の言い分もわかるが、それでは意味がないとアドリアーナは思う。

（第一、最初にミドル階級の人の学校としていたものに、数年後から労働階級の子を通わせはじめるとしても、果たして労働階級の子は集まるかしら？　集まっても、身分によるいじめが発生したら嫌だわ……）

しかし、アドリアーナのこの言い分はこの場では通らない気がした。

膝の上でぎゅっと拳を握っていると、それまで黙っていたヴァルフレードが顔を上げた。

「いいんじゃないか？」

「え？」

アドリアーナは目を丸くする。

国王も、父もオリーヴェ公爵も、ジラルドも、ヴァルフレードに視線を向けた。

みんなに注目されて一瞬ひるんだような顔をしたヴァルフレードが、こほんと咳ばらいをひとつする。

「国に医者が増えるのはいいことだ。学者が増えるのも、各部門の専門家が増えるのも、国にとってはメリットでしかないじゃないか。もし貴族が文句を言うなら、お前らが貴族をやめて医者になれと言ってやればいい。実際、貴族も病気になったら医者にかかるしな」

ヴァルフレードの言葉は単純で、だからこそ心に響く気がした。

国王も父もオリーヴェ公爵も目を丸くしている。

「だいたい、貴族ばかりを優遇するからルキーノのようなやつが現れるんだろう？　平民が大臣になったっていいじゃないか。優秀な人材は多い方がいい」

驚きすぎて言葉を失っていると、隣でジラルドがぷっと噴き出した。

「殿下らしい」

（ヴァルフレードらしい？）

どういうことだろうと首をひねったアドリアーナは、ふと、以前ジラルドが言った言葉を思い出した。

ヴァルフレードは、社会的弱者に甘い、と言った言葉を。

（そっか……。労働階級の人たちも、社会的弱者なのよね）

身分が低く、立場が弱く、お金がない人たちを、ヴァルフレードは見下したりしない。

去年までのヴァルフレードは、自分の意見を曲げず、傲慢で、すごく嫌な人間だった。少なくともアドリアーナにとってはそうだ。

だが、彼の本質はもしかしたら、この先の未来に――アドリアーナがこうであればいいなと思う未来に、合っているのかもしれない。

「殿下、下手なことを言って、殿下の許可で進められたと言われても知りませんよ」

父があきれ顔をしたが、ヴァルフレードは「だから何だ」と言わんばかりの顔をした。

「別にいい。少なくとも私はまだ王太子で、王太子にはこの手の発案に許可を出す権利が与えられているだろう？　何かあれば私の責任だと言えばいい。もっとも、父上が反対すればどうしようもないわけだが……」

ヴァルフレードがちらり、と国王に視線を向ける。

腕を組んで目を閉じた国王は、ややして、小さく笑った。

「ヴァルフレードが責任を持つというのならいいだろう。次代を担うものとして、ボニファツィオ辺境伯夫妻と相談しながら進めるように」

（じゃあ……！）

アドリアーナは思わずジラルドを見た。

ジラルドがにこりと微笑む。

「殿下の名前を借りる以上、これまで以上に綿密に計画を練らないとね」

「殿下、ありがとうございます！」

ヴァルフレードは照れ臭そうに頬をかいて、視線を斜めに向けた。

「別に……、私も、領立学校は悪くないと思っただけだ」

☆

三年後――

コンソーラ町から少し離れた場所に建設された大きな学園は、領地の名前を取ってボニファツィオ領立学校と名付けられた。

貴賤問わず通えると聞いて戸惑った人も多かったが、学校の理事のひとりにヴァルフレードの名前があったことで、表立った反対は上がらなかった。

アドリアーナが「招待生」として領内の子たち全員に入学許可を与えたことも大きいだろう。コンソーラ町の町民たちに、「ぜひ通ってください」と直接呼びかけたこともあって、入学基準の十歳以上の子らの多くが学園の門を叩いてくれた。

その中には十四歳になっていたダニロと、十一歳のエンマの姿もあった。

アドリアーナが手掛けた養殖業もだんだんと軌道に乗りはじめ、忙しくなった父親を見ていたダニロは、学校で学んで養殖の研究者になって父を手助けするのだと言った。

エンマの方は、しっかり勉強してアドリアーナの侍女になるのだと言ってくれて、思わず笑ってしまったものだ。

「どう？　満足した？」

理事長室の部屋から学園の庭を見下ろして、ジラルドが訊ねる。

アドリアーナは彼の隣に立って、笑った。

「まさか、まだまだよ！」

ボニファツィオ辺境伯領の改革は、はじまったばかりなのである。

番外編　慌ただしい結婚式

「結婚式の準備を三か月でするとか、無茶すぎるわ……」

王都ブランカ公爵邸の私室で、アドリアーナは愚痴をこぼしていた。

先ほどまで、この部屋は結婚式用のドレス見本で埋まっていた。

これが今の流行だとか、こっちが王都で一番人気のデザイナーの新作だとか、いろいろ聞かされたが全然頭に残っていない。

時間がなさすぎるから正直何でもいい、と喉元まででかかってはいたが、デリアと母の視線が怖くて何も言えなかった。

侍女のデリアは言わずもがなアドリアーナを着飾るのが大好きだし、ヴァルフレードとの婚約破棄で娘の評判に傷がついたと激高していた母は、娘の結婚には並々ならぬ思い入れがあるらしい。

本当ならば一年以上かけてゆっくり準備を整えたかったのにと、結婚式を急がせた国王と夫にものすごく腹を立てていた。

（まあ、領地を拝領しちゃったからね。わたしひとりじゃ力が足りないから、ジラルドにも助けてもらいたいし……）

婚約者と夫では、関われる内容が変わってくる。

アドリアーナがよくても、婚約者の立場であれこれ指図をされることに反感を覚える人間は、多少なりともいるわけだ。

もっと言えば、早く身を固めておかなければ、余計な縁談が舞い込んでくる可能性もあった。一領地を賜ってしまったアドリアーナは婿入り先と考えるとかなりの優良物件だ。

侯爵と同等の辺境伯という立場を欲する貴族は多い。

辺境伯を拝命したのはアドリアーナだが、女であるがゆえに下に見る人間もいるだろう。婿に入りさえすれば、実質的な領主は自分だと勘違いする輩は多いはずだ。

ジラルドは公爵令息で、王が認める婚約者であるから表立って割り込もうとする人間は少ないだろうが、遠回しにあてもないこうでもないと周囲から言われるのは、かなり鬱陶しい。

ゆえに、心の平穏のためにも結婚式を急いだ方がいい、のはわかっている。

でも、目が回りそうなほど忙しいのだ。愚痴のひとつくらいは言いたい。

「まったくその通りでございますが、時間がないからと言って馬鹿にされないよう、気合を入れて準備をせねばなりません！」

いったい誰に対抗心を燃やしているのやら。

アドリアーナの前にティーカップを置いたデリアが拳を握りしめた。

結婚準備があるから、アドリアーナは結婚式までの間を王都で過ごすことになる。

領地のことはカルメロに任せて、定期報告を入れてもらうようにしておいた。

拝領したばかりの領地をほったらかしにするのは心苦しかったが、カルメロからも結婚式の準備を最優先にするようにと言われたのだ。

（わたしが適当なことをして侮られると、その評価はそのまま領地の評価になっちゃうからね）

ちゃんと頭ではわかっているのだ。

でも――本音を言えば、面倒臭い。

ドレスは別にオーダーメイドでなくてもいいと思うし、宝石とかティアラとかベールとかも、母のものを借りてもいいはずだ。

会場の飾りつけとか、その後のパーティーとかの準備も、無難なところでまとめればいいのに、「ブランカ公爵家とオリーヴェ公爵家の威信にかけて！」などと母とジラルドの母が言い出したためにどんどんことが大きくなっている。

どうやら母たちに言わせれば、合格点を狙うだけではダメらしい。一番を狙えと、何の競争だと言いたくなるようなことを言われた。

「ということで、美容にいいお茶です」

「うん……」

デリアが淹《い》れてくれたのは紅茶ではなく、赤い色をしたローズヒップティーだ。すっぱくてあんまり好きな味ではないのだが、結婚式までの間、アドリアーナが口にするのは美容中心に考えられるらしい。

食べ物や飲み物だけではない。

全身のエステも、髪のケアも、たぶん、前世の芸能人もここまでしないと思う。

領主の勉強だってしたいのに、アドリアーナの毎日は、朝から晩まで結婚式のことだけで過ぎていくのだ。

「そういえば、招待状も書かないといけないわね」

「それでしたら、奥様とオリーヴェ公爵夫人がカードを特注していますからもう少々お待ちください」

「特注……」

「ええ。何でも、カードにお嬢様とジラルド様の肖像画を入れるそうです」

「何それ、何でそんなことに……」

アドリアーナは頭を抱えた。

まったく、招待状ひとつとっても大掛かりである。

(わたしひとりじゃ大変だから全部任せておいて……ってお母様に言われたから任せたけど、失敗だったかも……)

結婚する本人よりも、絶対母の方が楽しんでいる。

父からも好きなだけ派手にしろとゴーサインが出ているので、たぶん金に糸目をつけずに湯水のように使いまくる気だ。さすが公爵夫人《セレブ》、お金の使い方がすごく豪快である。遠慮なんてまったくない。

「お嬢様、準備が大変なのはわかりますが、せっかくの結婚式なのですから準備も楽しまないと！」

「そうね……」

（わかってはいるのよ、わかっては）

ジラルドとは政略結婚ではない。

もちろん、ジラルドと結婚するのは、とても嬉しい。

「ということでお嬢様。一息ついたら採寸と、そのあと入浴して全身シェイプアップのエステですよ！　奥様が最新の美容オイルを購入してくださいましたからね！」

結婚は嬉しいけど、嬉しいんだけど……やっぱり何かが違うと、アドリアーナはがっくりとうなだれた。

☆

「アドリアーナ、数日見ない間になんか疲れてない？」

数日後、ジラルドがブランカ公爵邸に遊びに来た。

手土産にチョコレートケーキを持ってきてくれたのだが、それは「美容の敵」とデリアに没収されてしまった。今ごろアドリアーナの代わりに母が舌鼓を打っているころだろう。

手土産を没収されたことで大体の予想がついたのか、ジラルドの顔には苦笑が張り付いている。

「俺の方はそれほど忙しくないんだけど、やっぱりこういうことは男女で違うんだな」

「そうね。ある意味今、人生で一番忙しいかもしれないわ。王妃教育を受けていたときよりしんどいって、どういうことなのかしら……」

「それは……大変だな……。俺としては結婚できるだけで充分だから、そんなに派手にしなくてもよかったんだけど……」

「わたしもよ。ただ、お母様とおばさまが……」

「あーうん、うちの母が何かごめん……」

ジラルドがアドリアーナの隣に座って、ぽんぽんと頭を撫でてくれる。

こてんと彼の肩に頭を預けて、アドリアーナは息を吐いた。

「わたしこそ愚痴を言ってごめんね。もちろん嬉しいのよ。ドレスも綺麗だし、幸せなのは幸せなのよ。忙しいだけで」

「それだけじゃないだろう？　ケーキもダメなんて……」

「ああそれは、体形が変わると困るからって」

ドレスのサイズが合わなくならないように、徹底的にデリアがチェックしているのだ。

毎日ボディサイズを測るとか、やりすぎだとは思うけれど、アドリアーナのサイズに合わせてのオーダーメイドなため太れないのは本当なのである。

(余裕をもって大きく作ればって言ったら、今のサイズがベストだからダメって怒られたし)

ジラルドはしみじみと「女性は大変だな」と呟いたが、アドリアーナも最近つくづく同じことを思う。

結婚式を前にした女性は、大変だ。

「髪、何かすっごくすべすべしてない?」

アドリアーナの髪を梳《す》くように指を滑らせたジラルドが、驚いたようにそんなことを言った。

そうだろう。何故ならアドリアーナの髪は、デリアが時間をかけて丁寧に丁寧に洗ってパックしているのだ。しっとり艶々のさらさらにするのだと気合を入れている。デリアが。

(何かちょっと恥ずかしい、かも……)

アドリアーナの髪の艶はデリアの功績でアドリアーナ自身の手柄ではないが、ちょっとくすぐったい。

「アドリアーナは大変なんだろうけど、こうしてどんどん綺麗になるのを見ると結婚式が楽しみだね。ああ、もちろんアドリアーナはもとから美人なんだけど」

「そ、そういうことは……あんまり、口に出して言うべきじゃないと思うの」

かあっと顔に熱がたまって、アドリアーナは両手で顔を覆った。

（ジラルドってこういうことをさらって言うときがあるのよね……）

まったく心臓に悪い。こういうのも、夫婦になると慣れてくるのだろうか。

（うん、いつまでたっても慣れない気がする）

アドリアーナが照れているというのに、ジラルドは楽しそうだ。

「夫婦円満の秘訣は、称賛や愛情を素直に口にすることらしいよ」

「だ、誰よ、そんなことを言ったの」

「父上と母上。あとブランカ公爵夫妻、かな」

「ジラルド……うちの両親といったいどんな会話をしてるの？」

「うーん、アドリアーナをどんなふうに支えていくかとか幸せにするかとか？　ああ、ついでにアドリアーナが好きなものとか本のタイトルとか聞いたよ。うさぎの人形が好きとか、あと溺愛物の恋愛小説が好きとか――」

「わーっ！」

アドリアーナは思わず声をあげた。

（お父様もお母様もなに勝手にいろいろ暴露してくれてんのよ‼）

ジラルドはくるくると指先にアドリアーナの髪を巻きつけて遊びながら、くすくすと笑い出した。

「小さいころから考えると結構長い付き合いだけど、意外と知らないことも多いものだね」

そうかもしれないが、世の中には知らなくていいこともたくさんあるのだ。

（人形とか恋愛小説とか、ずっと秘密にしてたのに！）

兄も知らない個人情報を、本人の了承も得ずに暴露しないでほしい。

今度うさぎの人形をプレゼントするねと言われて、アドリアーナはしばらくの間、恥ずかしくて顔を上げることもできなかった。

☆

（長い三か月に感じたけれど、終わってみたら感慨もひとしおね。……まあ、終わったって言っても、今日が本番なんだけど）

光沢のある純白の生地に、銀糸で入れられた百合模様の細かい刺繍。

上半身はすっきりと、ウエストからスカート部分にかけてはふんわりと広がっている。

これぞウエディングドレス、という真っ白なドレスに身を包み、アドリアーナは隣に立つジラルドを見上げた。

大勢の参列者が見守る中、大聖堂には朗々とした司祭の声が響き渡っている。

元が乙女ゲームの世界だけあって、結婚式も前世の日本風だ。ただ、神前ではなく教会式であるけれど。

バージンロードを進みながら、アドリアーナは前で待っているジラルドに視線を向ける。

ジラルドは白いタキシード姿だ。ベストは薄い灰色で、クラバットは紺色。

艶やかな黒髪は後ろに撫でつけられていて、いつもより少し雰囲気が違うのは、緊張でほんのちょっとだけ表情が強張っているからかもしれない。

（ふふ、ジラルドでも緊張することがあるのね）

アドリアーナは意外と冷静だった。

大聖堂に入る前まではものすごく緊張していたのだが、ジラルドの顔を見た瞬間にふっと肩の力が抜けた。

ジラルドが隣にいれば大丈夫だと、根拠のない、けれども確信に近い自信が緊張を溶かしてしまったからだ。

思い返せば、ヴァルフレードと婚約していたときも、彼に婚約破棄される前もされた後も、離宮に幽閉になったときだって、ジラルドはいつもアドリアーナを助けてくれた。

きっとこの先も、困ること、不安になること、心配になること……、アドリアーナが悩み立ち止まりそうになったときには、彼が手を差し伸べてくれるだろう。

そして逆に、もしもジラルドが窮地に陥ったときは、手を差し伸べられる存在でありたい。

隣に立って見上げると、ジラルドがどこかくすぐったそうに微笑んだ。

ジラルドが、アドリアーナのベールをそっと持ち上げる。
顔を見合わせて微笑み合って。
そしてそっと、唇が重なった。

END

あとがき

こんにちは！　狭山ひびきです。本作をお手に取ってくださり、ありがとうございます！
本作は異世界転生、乙女ゲームの悪役令嬢ものですが、この手のお話の「乙女ゲームヒロイン」は悪賢いタイプの子が多いじゃないですか（たぶん）。そんな「乙女ゲームヒロイン」の策略に主人公が四苦八苦するのも楽しいんですが、本作は、逆に「乙女ゲームヒロイン」の方を思いっきり残念な感じの子にしたらどうかな～と思って作ってみました。

前から少し思っていたんですが、ヒロインより身分も学力も低くて、ついでに頭の方もちょっと悪い系（が多いはず）の「乙女ゲームヒロイン」が、ヒロインを嵌《は》める時だけものすごく賢くなるのっておかしいんじゃないかしら、と。そこまで策略家なら、王妃教育だってスムーズに受けられるだろうし、器かどうかは置いておくとしても、それなりにうまく世渡りできるはずだから、周囲を納得させることだってできるでしょう？　「あなたは王妃として認められない！」と周囲に言われるレベルの残念令嬢が、短期間で、都合よくヒロインを追い詰めるだけの罠を張り巡らせるはずがないんじゃないかな～。こんなことを考えるわたしは、かなりひねくれているでしょうか（もちろん「乙女ゲームヒロイン」に追い詰められて、ハラハラ